339通にこめられた　奇跡の物語

天国ゆきのラブレター

24時間マラソントレーナー
坂本雄次

主婦の友社

運命の出会い。修学旅行のバスの中で緊張しつつ撮った最初の写真。

出会いと文通

1962年12月〜

修学旅行中の中学生だった私。前から３列目、右から２番目。

高校３年生の８月、京都・高山寺で私が撮った写真。節子23歳、オフホワイトのスーツがよく似合っていた。

結婚を決意したあとも紆余曲折があった。年の差、遠距離など、さまざまな困難を克服し結婚へ。

ごく親しい人を招いての結婚式。笑顔の節子がまぶしく……。

結婚

1968年12月9日

ふたりの生活

社宅から近い鎌倉で。道行く人に写してもらった１枚。

〝ふたりの城〟のリビング。インテリアも節子好みに。

写真を撮るときは、いつもとびきりの笑顔だった。

よく行った鎌倉のお気に入りのコーヒーショップで。

マラソンを始める

40歳ごろから節子もマラソンを始め、ホノルルマラソンにも出場。

日本テレビ「24時間テレビ」の
チャリティーマラソンのトレーナーに。

2002年のランナーは西村知美さん。知美ちゃんには厳しい言葉をかけ、泣かせてしまったのも思い出だ。

出会い

2010年は、はるな愛さん。番組後も私たち夫婦と親しくしてくれて、節子とは大の仲良しになった。

番組本番の日、節子は出演者、スタッフに差し入れを持ってきてくれて、いつも私を支えてくれた。

すい臓がんの手術後、やさしく無心の〝笑顔〟に。

ふたりだけの生活で、さらに愛は深まっていった。

ふたりでのんびり生活

どこへ行くにも手をつないで。心穏やかな日々に。

手をつなぐ

最愛なる節子へ

STAFF

装丁・口絵デザイン	若井裕美
カバー写真撮影	中村彰男
構成・編集協力	田﨑佳子
校正	荒川照実、佐藤明美
本文デザイン・DTP	蛭田典子
編集担当	石井美奈子（主婦の友社）

はじめに

思えば私の人生は、ほぼ15年ごとに大きな転機を迎えてきた。15歳で運命の人と出会い、30歳で〞走ること〟に目覚め、45歳で勤めていた会社を辞めて起業し、事業が軌道に乗って自社ビルとしての本社を持つことができたのが59歳だった。

それから15年後、世の中は新型コロナウイルスの襲来に騒然とし、この先どうなるのか予測のつかない事態に陥っていた。「ランナーズ・ウェルネス」社も大きな影響を受けた。マラソン大会は開催できず、事業は停滞してしまった。以前から、漫然と75歳を節目に後進に会社を譲ろう、と考えていたところのコロナ禍であった。

1993年の起業から約30年。ランニング企画・運営専門会社「ランナーズ・ウェルネス」社の礎《いしずえ》は築き上げることができた。事業としても骨格は完全ではないが形作ることができた。ランニング業界での認知度も、ある程度確立できた。完全ではないが、やりきった感はある。

コロナ禍により、思っていた形とは状況が大きく変わってしまったが、2022年12月、75歳、起業30年を区切りに、私は会社の代表を退くこととなった。

75歳を迎えて、これまでの人生を振り返り、文字として残したいという思いもあった。その思いを書き起こそうとしていた矢先の2024年1月、妻の節子が転倒、骨折、入院。そして、思いもよらぬ別れのときがやってきてしまった。

15歳からの私の人生は、節子とともにあった。子どもに恵まれなかった私たち夫婦にとっては、お互いがすべてであった。そのすべてである「節子」を失った私の喪失感は言葉に表せないほど大きく、暗闇の中にひとり取り残されたようだった。

そんな私の目の前には、結婚前の6年間にふたりでやりとりをした337通の手紙があった。この手紙を手がかりに、私はふたりで過ごした61年の歳月を振り返りたい、という思いにかられた。

ひとつひとつの手紙を読み返し、当時を振り返ることは、節子を失い、生きる気力を失いかけていた私に、ひと筋の光を与えてくれた。

若きふたりの愛と苦悩。本書には心のままにつづられた手紙を、そのまま掲載した。私的なことを人前に出すことを嫌っていた節子の性格や心情を考えると逡巡《しゅんじゅん》するところではあるが、結婚前に「ふたりの愛の軌跡をいつか一冊の本にまとめよう」と約束していたことを思い出し、載せることとした。

この本は節子への最後のラブレターでもある。

はじめに……13

プロローグ……19

２０２４年１月、不穏な年明け／入院生活の始まり／極度の貧血、全身状態の悪化／節子亡きあとの虚無、寂寥感

第1章

15歳、運命の出会い……31

15歳、修学旅行での出会い／最初の手紙、文通の始まり／中学卒業、企業内学校への進学／「お姉様」と「雄次君」の時代／17歳、２年半ぶりの再会／節子の生い立ち／8月、再び京都へ／奥嵯峨・高山寺、神護寺、宝ヶ池／悩みを聞き、非力さを痛感／節子への贈り物／愛の告白と別れの手紙／昭和41年春、高校卒業／突然始まった空白の期間／昭和42年8月、天橋立行き／節子とシャンソン／シャンソンとの決別、結婚

第2章
夫婦の絆、〝走ること〟の始まり……89
新しい生活のスタート／愛娘の誕生と別れ／好きな旅の始まり／節子との旅／組合活動、23歳での書記長／初めての「ふたりの城」／建て替え、建物も家具も新しく／ランニングとの出会い／駅伝監督、チームは大躍進／前代未聞の東海道駅伝／間寛平さんとウルトラマラソン／初めて経験する海外レース

第3章
起業、ふたりきりの挑戦……133
「ランナーサポート」という視点／人をサポートすることの意味／45歳からの人生を再構築／ふたりきりでの起業／月15万円の一軒家から／大会開催の準備もふたりで／思い出の土地、丹後での大会／「湘南国際マラソン」の誕生／『24時間テレビ』の32年／亡き娘と重なるランナー／「愛ちゃん」との出会い／最高齢70歳のランナー

第4章

病との闘い、真実の愛……173

自社ビル、事業の確立／晴天の霹靂、すい臓がんの宣告／7時間におよぶ手術／退院から緊急入院へ／救命救急センター集中治療室／大病を経ての変化／節子の「マイホーム」／介護生活の始まり／節子の表情にも変化が／50年目の手紙と別れのとき／手紙から聞こえる節子の声

エピローグ……211

孫悟空とお釈迦様、『愛の讃歌』

おわりに……216

prologue

プロローグ

２０２４年１月、不穏な年明け

能登半島における大地震、羽田空港での航空機事故、２０２４年は不穏な幕開けだった。節子の介護生活が始まって、この2月で丸9年になろうとしていた。私も76歳になり、60代とは違う体力の衰えをはっきりと感じるようになっていた。

腰椎や股関節の不具合から両足の踏んばりがきかず、歩行も満足にはいかない状態でバランスを崩し、ときおりよろつくこともあった。腕の力も落ちていた。腰の痛みはなかなかとれず、手術が必要だったが、手術には2週間以上の入院期間を要する。入院期間中とその後の節子のケアを考えると、今の状況では無理と判断した。

介護も家事も片づけごとも、自分の思いどおりのことができず、歯がゆさを感じる日々……。とはいえ、これからもふたりで生きていかなければならない。何か方法を考えなければ……。少しの間でも体を休めて、ゆっくり考えるためにもと思い、2月の寒い時期は暖かく過ごしやすいハワイに行き、夫婦の時間を過ごそうと予定していた。

そんな思いで迎えたお正月。松の内も過ぎた1月10日、節子が突然、「これからは、どんなことでも雄ちゃんが決めてくれたらいいから」と言った。

なぜ、こんなことを言うのだろう、と思いつつも、「わかったよ」と返事をした。

1月13日、午前4時半ごろ。「雄ちゃん……」と呼ぶ声で目を覚ますと、節子がトイレで倒れているのが目に入った。慌ててそばに行き、抱き起こそうとしたが力が入らない。左肩から崩れ落ちるような姿勢で転倒し、手洗い用の水受けで肩と顔面を打ちつけたという。腰の具合が悪くなければ、抱き起こすことも抱きかかえることもできたのだが、それができないのが悔しい！　情けない！　ともあれ病院に運ばなくては。早朝ではあったが失礼を承知で節子の主治医に連絡をし、東海大病院の救急外来での受け入れを依頼し、救急車を呼んだ。

救急外来でのCT検査の結果では頭部には異常がなかったが、左上腕骨に亀裂

骨折が見つかった。処置は患部を切開してボルトで固定するか、三角巾で腕を吊っ
り、骨折部位がつくのを待つ保存療法かの2択。節子の今の体力と痛みのことを考え、少しでも負担が少ない「三角巾で吊る保存療法で」とドクターにお願いした。

処置を終え、痛み止めの薬をもらって自宅に戻る。痛みはあるものの、節子はいたって正常だったので少しホッとした。しかし戻ってはみたが、ベッドで体勢を変えたりトイレに行くために起き上がったりするのは困難な状態だった。

家で一日過ごした結果、入院して専門家に任せたほうが安心だと考えた。なんとか入院させてくれる病院を探さなければ、と思いめぐらせ、かつて私が股関節の手術を受けた新宿の病院を思い出し、主治医だったドクターにお願いをした。

入院生活の始まり

新宿の病院に着くと、再び骨折部位のレントゲンと頭部MRIによる検査を受けた。結果は東海大病院での診察とおおむね変わりはなかった。安静にして、骨

折の治療に専念することになった。

入院してしばらくは、病院の隣のビジネスホテルに泊まり込んだ。付き添い用の部屋はあるのだが、まだコロナ禍のなごりもあり、家族でも泊まることはできない、と思い込んでいたのだ。24時間付き添うことはできなくても可能な限りそばにいたい、という思いだった。以前、私が股関節の手術をしたときには、節子も同じように隣のホテルに泊まって通ってくれていた。

朝になると病院に行き、夕食が終わるころにホテルに戻る日々。一日一度は熱い湯でタオルをしぼり、顔を拭《ぬぐ》ってあげた。以前から温かいタオルで全身を拭いてあげることが日課になっていたから、ポットで湯さえ沸かせれば顔拭きは造作もないことだった。食事の時間も介添えをして、ひとりの寂しい食事にならないようにしていた。

寝たきりでは下半身の筋力がどんどん衰えるので、1週間後からさまざまなリハビリが始まった。ベッドから降りる動作に始まり、院内の廊下を使った歩行訓練、ベッドの上での上肢と下肢の動作訓練など。毎日、担当の看護師が付き添い、節子を連れて院内の廊下を歩く。距離にしたら往復で200メートルくらいだろうか。ゆっくりとだが、自力で歩くことができた。

食欲も普通にあり、病院で出される食事は食べることができた。私は近くのデパートの食品売り場に行き、節子の好きなのりの佃煮やしば漬けなどの漬け物を買ってきた。りんごやメロンなども。入院生活の辛さを少しでもやわらげることができれば、という気持ちだった。

今回の転倒はまったく予想外で、節子にとっては辛い出来事だったが、「肩の骨折だけですみ、不幸中の幸いと思うしかない」と腹をくくるしかなかった。

極度の貧血、全身状態の悪化

肩の骨折は日ごとに回復の方向にあった。このまま骨折が治れば、自宅に戻ってこれまでと同じような生活が続く。そう思っていた。

ところが入院して3週間後、節子は極度の貧血に陥った。輸血を必要とする状態で、ドクターは体の中のどこかに潰瘍ができて出血している可能性があると言う。長引くコロナ禍で出かけることも少なくなり、体力もそうとう落ちてきていた。81歳という年齢もある。医師からは「同じ81歳でも体力として差がある」と告げられた。

すい臓がんの手術、動脈瘤《りゅう》の破裂で命を失いかけたときのこと、気管挿管をしたときの節子の苦しい表情が思い浮かぶ。

2月6日。全身症状が悪化。話しかけても反応しない。

面会時間を終えてホテルに戻り、ひとりきりになると、どうしようもない不安が襲ってくる。これまでずっとふたりで生きてきて、私にとって唯一無二の存在である節子。まさに一心同体。自分の身が半分もぎとられてしまうかもしれないことへの恐れ。この世界から節子がいなくなってしまうかもしれないのだ。

もしも節子が黄泉《よみ》の国に行ってしまったら、あとから行く私は彼女を見つけられるだろうか。もう一度、会うことができるのだろうか。そんなことまで頭をよぎった。

2日後、水を飲めた。血液検査の数値もよくなってきている。

3日後、医師からの「回復しています」の言葉が、どれほどありがたかったか。貧血は胃潰瘍からの出血によるものだった。

これからの生活についても真剣に考えるようになった。節子の世話をしたり食事を作ったりするのは、まったく苦ではないどころか、私にとっては喜びでもあった。だが、私自身も70代後半を迎え、体力的に思うような介護ができなくなりつつある。元旦の大地震も私を弱気にしていた。自宅のある平塚は大地震による津波が心配な土地柄だ。これからは夫婦ふたりで介護付きの老人ホームに入ったほうがいいのではないか。津波の心配のない場所に引っ越したほうがいいのではないか。

だが、節子自身は自宅に帰りたがったし、私も連れて帰りたいのが本心だった。なんとか自宅で介護を続ける方法はないか。毎朝、「今日はどうだ?」と具合を聞く私に「大丈夫」と応じながらも、繰り返し「おうちに帰りたい」と言う節子。その悲しそうな目を見ると、申し訳ない思いが募った。早く連れて帰り、自宅でずっとそばにいてやりたい。夫婦としての最終章は自宅で、がふたりの願いだった。

しかし、節子の容態は悪いほうに進み、次第に食事をとれなくなっていった。3月6日、新宿の病院から、自宅近くにある「ふれあいホスピタル」に転院。ここで嚥下《えんげ》のリハビリを受け、食べられるようになったら家に帰る予定で訪問介護などの準備を進めていた。

だが、徐々に体の衰えも進み……。転院して13日目の3月18日午前10時36分、節子は私の腕の中で永遠の眠りについた。自宅に戻ろう、という日の朝だった。

節子亡きあとの虚無、寂寥《せきりょう》感

節子の死、それは言葉にできないくらい大きく深い衝撃と虚無を私の心にもたらした。「一卵性夫婦」のように生きてきた私たちだったから、ひとりはたとえようがなく辛い。寂しい。7年前に終《つい》の棲《す》み家《か》として建てた平屋造りの家の広さが、今となっては仇《あだ》に思うほどだった。

節子が亡くなって数日後、自宅で「お別れの会」を行った。節子が大好きだった自宅で、節子が大好きだったたくさんの花を飾り、ふたりが大好きだった『愛の讃歌』を流して……。ごく親しい人たちだけで見送った。

そして荼毘《だび》に付した。が、私にはとうてい彼女の死は受け入れがたかった。15歳の私と20歳の節子が出会って以来、ふたりで紡いできた61年という長い歳月は、そのままふたりの人生となった。私にとって節子はときに姉であり、恋人であり、女房であり、母でもあった。ほとんどすべてのときをともに過ごしてきたゆえ、手の届くところ、声の届くところに節子がいない、という現実を受け入れられない。

人には出会いがあれば必ず別れがある。望みが叶《かな》うなら一緒に旅立ちたかった。だが、神はそれを許してはくれない。生きている以上、毎日何かを考えよう、今日は何かをしよう、と思っても考えがまとまらない。何かが足りない、何かが欠けている。常に虚無感がつきまとって離れない日々が続いた。

朝、目覚めると真っ先に節子がいる祭壇の前に行き、御洗米《ごせんまい》と盛り塩、神水《じんすい》と御神酒《おみき》を供え、榊の水をとりかえて、ろうそくに火を灯《とも》す。

「節ちゃん、おはよう」と声をかける。

瞬間、節子の小さくて桜貝みたいな小さな爪、かわいらしい手の温もりや、やさしさをたたえた黒目勝ちな瞳がよみがえってくる。

祭壇には2枚の写真を飾った。1枚は、まだ30代前半の節子。大好きなコーヒーカップを手にしている。もう1枚は、7年前、都内の桜の木の下で撮った写真。どちらもやさしい笑顔にあふれている。家じゅうのいたるところに元気なころの節子の写真をたくさん飾った。どの部屋に行っても節ちゃんに会えるように……。


虚脱状態の中、ぼんやりと節子と初めて会ったときのことを思い出す。つきあい始めたころ、私も節子もどんな気持ちでいたのか？　ふたりが置かれた状況や思い、何が互いに惹《ひ》きつけ合い、死がふたりを分かつまで〝愛〟を紡ぎ続けることができたのか？　ふたりの61年の日々を、無性に振り返ってみたくなった。

手がかりは「手紙」だった。

私が初めて節子に手紙を送ってから結婚するまでの6年間、交わした手紙の数々。お互いの思いを書き尽くした手紙、337通が手元に残されていた。あらためて手紙の数を数えてみる。私からが211通、節子からのものが126通。

こうして「手紙」と向き合う日々が始まった。

第1章

15歳、運命の出会い

15歳、修学旅行での出会い

初めて節子に出会ったのは、中学校の修学旅行。私は中学3年生、節子は修学旅行生を案内する観光バスのガイドだった。

昭和37年（1962年）当時、私が通っていた神奈川県下の中学校の修学旅行は、京都・奈良・大阪に決まっていた。まだ新幹線はなく修学旅行専用列車を利用し、7時間以上かけて移動した。戦後のベビーブームで生まれた子どもの数は多く、1学年400名以上におよぶ大人数での旅行だった。

12月5日、京都駅に着いた生徒たちは出迎えた観光バスに分乗。まだ京都タワーもなく、駅舎も平屋建ての木造。駅前のロータリーはバスやタクシー、乗用車などの車寄せのみが設けられているシンプルな風景だった。

私が乗ったバスは3号車。座席は自由だったので私は最前部に近いところに座った。全員が座り終わったころ、3号車を担当するバスガイドがあいさつに立った。

「長後中学のみなさん、こんにちは！　今日からみなさんの案内をさせていただくガイドの益田節子です。よろしくお願いします！」

間近に座っていた私は「ああ、きれいな人だなぁ……」と、一瞬で彼女の美しさに惹かれてしまった。

紺色に真っ白な襟の制服に身を包み、白い手袋をはめ、マイクを手にし、よく通るまろやかな声であいさつをする節子。宿舎に着くまで、京都の街並みを説明する節子の姿は凛《りん》として美しかった。

節子は当時20歳。ガイドとしては京都市内と奈良方面の仕事をようやく手の内におさめたくらいの、まだ新人に近い経験しかなかったのでは、と思う。京都は1200年以上の歴史を持つ日本有数の歴史都市。観光ガイドは多くの知識と知見を持たなければ案内は難しい。国内にあるほかの観光地のガイドとは比べられないくらいの知識と力量を要求されたはずだ。

バスは西本願寺や二条城、京都の街並みを通り、三条麩屋町の修学旅行生を泊める宿に到着した。学校や家庭から遠く離れて日常とはまったく違った状況に置かれ、高揚感と解放感が入り交じった半ば興奮状態で京都最初の夜を過ごしたのを覚えている。部屋では大声でしゃべったり、枕投げをしたり、担任の先生に注意されるまで騒いだ。まさに、中学生らしいふるまいだった。

翌日は京都市内観光。清水寺、西本願寺、京都御所、金閣寺など、お決まりのコースだ。バスは初日と同じ、ガイドも同じく節子だった。比叡山延暦寺も訪れた。延暦寺に着いたのは午後2時ごろで糠《ぬか》のような雨が降っていた。見学を終えた私はいち早くバスに戻り、バスの中で待機していた節子に、厚かましくも「写真を撮らせてもらえませんか」と頼んだ。節子は笑顔で快く応じてくれた。

当時は今のように操作の簡単なカメラは少なく、私は父親から借りた二眼レフのリコーフレックスという大きなカメラを持参していた。ピント合わせも手動で行うから、しっかり操作しないと仕上がりがぼけてしまう。緊張しながら、一生懸命写した。

写真を送る口実で住所を聞き出そう。そう考えた私は、勇気をふるって節子に声をかけた。

「写真を送りたいので住所を教えてもらえますか？」
すると節子はためらいもなく、几帳面《きちょうめん》な字で、
京都市左京区東竹屋町55番地　丹海観光ＫＫ内　益田節子
と書いてくれたのである。
彼女とつながっていたい。おぼろげながら、そんな思いをいだいた。それほど、このときの節子の印象は強烈だった。

奈良では東大寺をはじめ法隆寺、薬師寺、春日大社、猿沢の池などに行った。いずれも平城京を代表するものばかり。特に東大寺の偉容と巨大な大仏の迫力には圧倒された。少年だった私には見るもの聞くものすべてが新鮮で、〝日本の歴史〟の1ページを実感させられるものばかりだった。

そんな奈良見学の中で強く印象に残っているのは、薬師寺に着くまでのバスの車中で節子が詠んでくれた、歌人・佐々木信綱の歌だ。

「ゆく秋の大和の国の薬師寺の塔の上なるひとひらの雲」

なぜ、この一首を鮮明に覚えているのかよくわからないが、やはり旅行中、節

子の案内を聞きもらすまいとしていた私の注意力がなした業かもしれない。

最初の手紙、文通の始まり

3泊4日の修学旅行はあっという間に終わり、再び藤沢での日常に戻った。

この修学旅行での最大の収穫は、節子という「完成された女性」（と私には見えた）に遭遇（という言葉がぴったり）したことだった。

その気持ちは〝憧れ〟に近いものだった。女性に対する免疫が一切なかった私は、旅行後、「もっと知りたい、もっと近づきたい」という彼女への思いを強くし、写真が出来上がるのも待たずに節子に手紙を出した。それも速達で……。

節子の案内によって旅行がより楽しかったこと、写真が出来上がったら送ること、そして文通をしてほしいことなどを書いて出したのである。手紙の日付は昭和37年12月10日。修学旅行から帰ってきて2日後だった。

私の両親は関西出身であり、家の中では関西弁が飛び交う日常。手紙には関西弁も織り交ぜた。今読むといかにも中学生らしいちょっと背伸びした様子も幼さも感じられて、「頑張って書いたな」と「15歳の雄次」に声をかけたくなる。この手紙がすべての始まりだったのだから……。

雄次から節子へ　最初の手紙

六日、七日の修学旅行中、お姉様にはたいへんお世話になりました。お姉様の名調子にのせてバスにおける関西旅行もいっそう楽しくなりました。

京都を起点として奈良、大阪、そして再び京都の市内見物と数々の名所見物を致しまして、帰途についた私達……。

私がはじめて写しました写真、お姉様を写させていただいた写真は最後の日（七日）の帰りの車中で写真屋さんに現像を頼みましたので、出来上がり次第お送り致します。

〝ハアー　梅田ちょいと出りゃ天満橋……〟とお姉様に教えられながら一緒に歌った大阪音頭などの楽しい思い出を写真に写しましたが早く出来るといいですね。

私達の住んでいる藤沢は近くには江の島があり、近くの市には
古に栄えた鎌倉、国立公園に指定されている箱根などの観光地があって
大変美しい所です。お姉様も是非遊びに来てください。
話題は変わりますがお姉様の趣味はなんどすか。
そうそうお姉様の写真がありおしたら、すんまへんけど送りやして
おくれまへんか。(ほんにすんまへん)
これからもずっと文通をして下さいね。
ほな旅行中お姉様はずっとさむいさむいとおっしゃっていましたので、
重々お体を大切にして下さいね。
さいなら
雄次より
益田節子お姉はんへ

数日後、節子から返事が届いた。返事が来るかどうか半信半疑だったので、封筒を手にして嬉しさがこみ上げた。その手紙は修学旅行生のひとりに書いた返事としてはとても丁寧で、言葉の端々に相手を思うやさしさに満ちていた。

昭和37年12月15日　節子から届いた初めての手紙

前略
雄次君、先日は可愛らしいお人形、お便りどうもありがとう。
もらったお人形はケースの中に入れていつまでも大切にします。
旅行中はずいぶん寒かったでしょう？　雪がありましたものね。
お風邪などおひきにならなかったかしらと心配しています。
京都は相変わらず冷え込んでいますが赤く染まっていた冬山も頂には
雪の綿帽子をかぶりとてもすてがたい風景です。
観光客は日増しに少なくなりひっそりと静まりかえる社寺に散りゆく
落葉の音のみカサカサと響きます。
夕暮れ、赤く沈む陽を西に見て法然院の鐘の音を聞くことが私は大好き！
こちらのことばかりつづりましたが、冬の江の島・鎌倉などは
いかがですか？
まだ私はそちらへは行ったことがありませんがぜひ行きたいわ。

六月に東京から尾瀬沼に歩を延ばしましたの。

水芭蕉が丁度可愛い姿を見せ、新緑・山々の残雪・自然の美しさに感激しましたが沼地でしょう？　道の悪いことには困りました。

雄次君もまだお行きでなかったらぜひ一度行ってくださいね。

私の趣味ですが…。

一番好きなのは音楽です。中・高校と音楽クラブに所属していました。

もう練習する暇もありませんわ。

又旅行も好きなの。東京、尾瀬、信州、小豆島、四国、九州の一部を今までまわりました。

行きたいところは一杯ありますがなかなか条件がそろわなくて…。

その他読書・人形集め等です。

雄次君はどんな事がお好きかしら？　お知らせくださいね。

寒さも一層きびしくなりますので風邪などひかないよう気をつけて勉強にお励みくださいね。

じゃ又、この次まで。

さようなら

雄次君へ

このあとすぐ出来上がった写真を送ると、年が明けてから写真のお礼と私の進学、卒業への気遣いをつづった手紙が届いた。

節子より

中学卒業、企業内学校への進学

節子との文通が叶い心躍る思いだったが、現実の生活では中学卒業という人生の転換期を迎えていた。

昭和38年（1963年）4月、中学を卒業した私は一般の高校への進学はせずに、東京・調布にある、東京電力が運営する企業内学校（東電学園）に進むことになった。私が中学2年になった冬、父親が脳梗塞で倒れてしまい、一般の高校への進学が経済的に難しくなったためである。

この学校は理数系の科目を中心に電力技術の基礎を3年間学び、卒業後は東京電力の社員として即戦力となる人材を育てる、というものだった。電気理論や交流理論、物理や数学が主な科目で、英語、国語倫理社会といった一般教養科目も履修する。

もともと文系が好きだった私としては、正反対の理系に進むことになったので、少なからず葛藤はあったが、気持ちの片隅では節子とのことを意識していたのかもしれない。

ここで学ぶ専門科目以外の一般教養科目も学びたいと考えた私は、NHK学園高等学校の通信教育も並行して受け、2つの高校で学ぶといった、かなりハードな修学環境に身を置いた。

学校は全寮制で、寮は学校から徒歩20分ほどのところにあった。

ずっと親元で育った私にとっては初めての寮生活。1年先輩の部屋長がつき、3人の同級生と同室という、まったく新しい生活が始まったのである。中学生では将来の進路に対する展望などは、まだ持てていないのがほとんどだろう。私の中でも将来自分は何になる、といった考えはなかった。父親が東京電力に勤めていたから、卒業すれば私も父親と同じ電力マンになるのだろうな……といった程度のイメージしか持っていなかった。

卒業後の就職が約束されているため入学試験の競争率も高く、私たちのときは6～7倍だった。筆記試験も面接も2次まであり、最後が健康診断、といった具合でなかなか難関ではあったが、なんとか入学試験をくぐり抜けて無事合格できた。

この学校に入れて嬉しかったのは、就職先の保証とともに、3年間の修学期間中も約2万円（現在の価値だとおよそ5万円）の給与が支給される点だった。つまり収入を得ながら修学できる、ということである。学生と社会人の中間のような位置づけだ。食費と寮費以外は自由にできるお金が現在の価値で考えると3万円近くあり、当時の私にとってはありがたい状況だったのである。

「お姉様」と「雄次君」の時代

中学時代はクラブ活動の野球に明け暮れていた私だったが、進学後は健康上の理由もあり、運動部には入らず、書道部や新聞部など文化部での活動をしていた。半社会人、半学生といった忙しい生活をしながら、3日に一度くらいの勢いで節子に手紙を書き送り、学生生活の様子や、やがてくる社会人への自分なりの抱負などを伝えていた。

通信手段としては電話もあったが、まだ自宅の電話の普及も半ばだった時代。私の自宅にも電話はなかったし、もちろん寮生活で使える電話もなかった。電話をかけるときは郵便局に出かけていった。なぜ、郵便局か。当時は郵便局に電話の交換台があり、相手の電話番号を伝えると交換手がかけてくれて、相手が出ると受話器を渡してくれる、というシステムがあったのだ。電話代も距離によって異なり、長距離電話の料金は高く、夜8時を過ぎると安くなった。節子に電話をかけるときは、夜8時過ぎ、郵便局に向かう。手紙で「○日の○時頃に電話をします」と伝えてあっても、電話がつながるまではドキドキした。

節子からも几帳面な返信が届いていた。といっても、このころは私が3通出すと1通返ってくるくらい。新人ガイドだった節子は連日、東奔西走するほど多忙だったことを、あとになって聞かされた。手紙の内容は、京都市内では雪が舞うほどまだ寒い、といったことや、最近見た映画の感想、高校生になった私に対する激励などだった。節子から見れば、私は修学旅行で出会った一高校生、というほどの存在だったと思う。だが、私のほうは手紙を通じて節子の人となりを感じ、ますます節子のことを「知りたい！」という思いが募っていった。と同時に「大人の女性」である節子に追いつきたい、なんとかひとりの男として認められたいという思いも高まっていった。

高校入学に寄せて、彼女からは

「うぐいすの初音とともに入学の　うれしきたより共にわかちて」

という歌が贈られてきた。

折々の便りに、節子は短歌を添えてくれた。彼女のセンスの一端がよく表れている歌ばかりだった。

昭和38年7月15日　節子からの手紙

暑中お見舞い申し上げます。
先日、天橋立にお仕事で行き、暇な時間魚釣りをして楽しみましたの。
するとたちまち陽焼け、太陽にすっかり負けてしまい医師から当分陽に
当たっては駄目、だなんて言われ今頃は
一寸お仕事から遠ざかっていますの。
アレルギー体質なんでしょうね。
京都は七月に入ると祇園から河原町にかけて一斉に祭りちょうちんが
ずらりと並び祇園囃子がチキチキコンコンと聞こえてまいります。
もうわかるでしょう？　祇園祭が始まります。
いつもお仕事に追われて祭り気分なんて味わうこともできないのですが
今年こそゆっくりお祭り見物でもしたいなー。
街に出ましたら祇園祭の絵葉書でも買って
雄次君にこちらの祭りを見て頂くつもりでいます。

暑さなんかに負けないで勉学にお励みくださいませ。

節子より

雄次君へ

受け取った手紙の「医師から陽に当たることを止められ、仕事を休んでいる」という文面に驚いた。心配が募った。「アレルギー体質なんでしょうね」と書いているが、節子は天橋立での日焼けをきっかけに膠原病《こうげん》を発症していたのだ。

昭和38年7月23日　雄次からの手紙

前略

お姉さんからのお便りで病気を知り大変驚きました。
改めてお見舞い申し上げます。
私がもっとお姉さんの近くにいたら飛んで行って看病したい気持ちでいっぱいです。

何をするにも身体が一番大切。十分休養してお仕事にお備えください。
こんもりした武蔵野に射す厳しい夏の太陽、そんな中でテストに向かい
追い込みをかけている私たち。お姉さんも一日も早く回復されて元気で
お仕事に当たられるよう心からお祈りしてペンを置くことにします。
灼熱の太陽の下、東京の雄次より。
京都の人　　　お姉さんへ

昭和38年7月30日　節子からの手紙

前略
雄次君　　お便り嬉しく拝見いたしました。
京都の祇園祭も去年とは違って鉾巡行も見られ賑やかに終わりました。
私はしばらく仕事から遠ざかり完全に健康体になりたいと考えて
21日より京都の東山にある病院に知人の紹介で入院いたしました。
今まで丈夫であった私に病気というものの辛さ、とでも言いましょうか

嫌な気分を充分味わえました。
雄次君にいろいろ心配をおかけしましたが大したことはありませんので
どうぞご安心くださいね。
とにかく雄次君、健康に気をつけること！
毎日退屈でしょう、だから読書をしたり手芸をしたりしています。
そうそう貴方はテストで毎日大変ですね。
でもしっかり頑張ってくださいね。
はるか京都から応援を送りながらペンを置きます。
くれぐれも熱い折、お体に気をつけて勉強にお励みくださいませ。
さようなら
節子より
雄次君へ

このあとも節子は入退院を繰り返していたようだった。この夏は節子の病気を心配しながら過ごした。秋以降、返事が遠のき、心配する日々が続く。12月にはクリスマスカードを贈った。年が明けてからお礼の手紙が届いたが、その後、手紙の数は少なく……。5月に届いた手紙には、いまだ闘病中とあった。

11月、半年ぶりに手紙を書いた。17歳を迎えた決意を伝えたかった。節子からは「どんな苦しみにも負けない強い芯のある大人になってくださいね」という励ましの返事がきた。クリスマスにはカードとチョコレートを贈った。

17歳、2年半ぶりの再会

昭和40年（1965年）4月。17歳の私は2年半ぶりに節子と会うことができた。今回も修学旅行での京都行きで、短い自由時間での再会だったから、先斗町や霊山観音界隈をめぐり、喫茶店に入って話すことが精いっぱいだった。病気で体調も全快していないせいか、少しやせていたことが気がかりだった。

23歳を目前にした節子は自身の体調変化や仕事に対する考え方、これからの人生のことなどに悩んでいた。それを知り、自分に何ができるかを考えた。悩みごとの内容までは詳しく理解できていなかったが、手紙では「自分の考えに正直に生きるべき」といったことを書き送っていた。高校時代の教師との見合い話や、世話になった大阪の親戚からの縁談話もあり、それも大きな悩みのひとつだったらしい。

節子にはガイドの仕事に対する先行きの不安もあり、普通の仕事、できれば資格をとってできるような仕事に就きたい、という希望があった。この背景には、自立して生きていきたい、という側面があったようで、結婚して家庭に入るよりは自分ひとりでも生きていける術《すべ》を身につけておきたい、という気持ちが大きかったものと思われる。

節子の生い立ち

節子が自立して生きていきたい、と考える背景には、その生い立ちが深く関係していたと思う。

節子は昭和17年、広島県府中市で生まれた。実家の益田家は江戸時代から続く旧家だった。母の千鶴枝は益田家の長女であり、跡継ぎとして入り婿を迎えて節子を生んだ。祖父は運送業を営んでおり、節子が生まれたころは裕福だったようだが事業に失敗、その後は耐乏生活を送ることになったらしい。

節子が10歳のときに千鶴枝が亡くなった。まだ29歳の若さだったと聞いている。その後父親は、祖母との折り合いが悪く、しばらくして祖母と節子を残して益田の家を出てしまう。節子は祖母の世話をしながら中学を卒業する。祖母は節子が高校に進学してまもなく他界。たったひとりになった節子は大阪に住む伯父（母・千鶴枝の実兄）に引き取られ、大阪の高校を卒業した。

卒業後は高校の恩師のつてを頼りに、京都で観光バスガイドの仕事に就いた。当時、観光バスガイドの仕事は世の女性が憧れる職業。中学生のころから音楽、特に声楽が大好きだった節子にとっては歌える楽しみもあり、歴史を学ぶことも好きだったから、ガイドの仕事はやりがいにあふれた職業だと話していた。

10代の多感な時期に母、祖母の死、父との別れを経験した節子。〝天涯孤独〟を余儀なくされ、「自分をしっかり持たなければならない、他人には頼ることができない」という自立の精神をいだくようになったのではないだろうか。

私と一緒になってからも「人には迷惑をかけたくないわ」が節子の口癖であ

り、生き方の基本でもあった。

8月、再び京都へ

修学旅行での再会から4カ月後、私は8月のお盆にも京都に行くことにした。前年に東海道新幹線が開通していたが、在来線の夜行列車で行った。夜9時半ごろに横浜を発つと、京都に着くのが朝7時ごろ。朝6時半くらいには琵琶湖付近を通過する。窓を上げると朝の冷気が一気に車内に入ってきた。

病院通いをしている節子の体はどんな具合だろう？

お見合いをしたその後はどうなったんだろう？

会って確かめたいことはいっぱいあった。

京都駅に着くとホームの洗い場で顔を洗い、すっきりした気分で中央改札に向かう。改札を出ると、節子が待っていてくれた！　オフホワイトのツーピースにつば広の黒の帽子をかぶり、とびっきりの笑顔で私を迎えてくれた。

「いらっしゃい、しばらくね！」

「どうも……来ました（笑）」

いろいろな思いが瞬時に頭の中で交錯する。

あらためて目の前の節子の美しさにドキドキした。駅の雑踏の中でも、その美しさは際立っていた。

奥嵯峨・高山寺、神護寺、宝ヶ池

「体の具合はどうなの？」と聞いてみる。

「まだ本調子じゃあないけど少しずつよくなっているわ」

難しそうな病気だろうが、はた目には元気そうに見えた。

駅前からタクシーに乗り、向かったのは奥嵯峨にある栂尾山高山寺。樹齢数百年はたっているであろう杉の巨木が林立する鬱蒼《うっそう》とした森の中にあった。

石畳の階段を上り、石水院というところに入って抹茶をいただきながら、ほとんど参拝者のいない静かな縁側に腰を下ろして時を過ごした。あらためて体の具合や仕事のこと、私の学園生活のことなどを話す。節子は、バスへの乗車は控えて内勤をしていること、でも病気なんかには負けたくないので頑張ってまた復帰したい、と話した。

近くにある高尾山神護寺へも足を延ばした。神護寺から清滝川沿いに結局、嵐山までずっと歩き、あまり太陽に当たらないように、などと言いながら結構な距離を歩かせてしまった。翌日は京都北部にある宝ヶ池に行き、ボートを借りた。水面を漂うそよ風が心地よく、気分転換にはもってこいだった。前日は足にまめができるほど歩いて疲れていたから、この日はあまり無理をせず、市内に戻る途中で喫茶店に入り、コーヒーを飲みながら時間を忘れて話した。

悩みを聞き、非力さを痛感

さまざまな話をしたが、中心は節子のかかえる悩みについてだった。節子は、この1年半、病気によって健康の大切さを実感し、仕事も内勤となり時間ができたことで、自分自身を見つめる大きなきっかけとなったようだった。

人の命のはかなさ、悩みを相談できる親族がいない自分の立場、ガイドの仕事の将来性、そしていくつかの縁談のこと、これからの人生について……。

ガイドの世界は閉鎖的で自由になる時間もない。二度とこない人生、自分が納得できるように過ごしたい！　仕事は好きだから一生続けたいが、自分に何か残る仕事をしたい……。

そう節子は話した。深い悩みをひとりで乗り越えていかなければならず、思い詰めた様子も感じられた。

そして、話しながら節子は大粒の涙を流して泣いた……。

17歳の私は、このときほど自分の非力さを痛感したことはなかった。私からは体を治すことに専念し、まずは健康体を取り戻すよう励ますことしかできなかった。ただ、私でよければどんなことでも話してほしい、とも伝えた。

高校時代の恩師や親戚からきているという縁談については、言葉を尽くした。

「自分自身が乗り気でなければ絶対にやめること！」

「意に沿わない選択はしないこと！」

「情に流されないようにすること！」

「拙速な判断をしないように！」

そして「結婚されたらものすごく寂しい」とも。これが最も伝えたいことだった。

節子への贈り物

最終日は三千院、寂光院、大原の里などをふたりでめぐり、夜行列車で帰るまでの間、平安神宮の近くを流れる疎水べりを歩いた。決定的な解決策を伝える術を持たない私は、ただ節子を励ましたい、悩みを少しでも聞いて心の重荷を軽くしてあげたい、という思いがあふれ、思いきった行動に出た。

別れ際、思いを伝えるために、初めて節子にキスを贈ったのだ。ひたいへの、幼く稚拙なキスだった。「頑張れ、ひとりで苦しむな!」という思いを込めて……。節子の頬が赤らんでいるのが夜目にもはっきりわかった。

この旅行の際には、2枚のレコードもプレゼントした。1枚は『乙女の祈り』、そしてもう1枚はブレンダ・リーの『If you love me（愛の讃歌）』。

この後、『愛の讃歌』は、ふたりにとって最も大切な曲になる。

帰京後、節子からの手紙には「しばらく会わないうちにすごく大人になったみたい」と書かれていた。節子にとって私は「悩みごとを話せる相手」になりつつあったのだ。

10月5日付で、こんな内容の手紙が来た。

雄ちゃんは節子の結婚問題ではずいぶん悩んでくれた。ありがとう!!
我慢して受け入れていたら大きな後悔をすることになっていた。
断ってよかった。雄ちゃんに感謝しています。

とはいえ、節子の悩みがすべて消えたわけではなかった。ガイドの仕事に復帰したものの連日バスの乗車業務が続く。社内でもリーダー的存在になり、スキルも高かったから得意客からの指名も多く、その分、負担も大きくなってきていた。

東電学園最上級生になっていた私も、座学中心から変電所や水力発電所などの現場実習中心の生活に変化し、いよいよ社会人に向けての助走が始まっていた。

愛の告白と別れの手紙

ちょうどこのころ、節子が最も信頼し、尊敬していた会社の女性上司、A先生からシャンソン教室に誘われたことを伝えられた。もともと歌うことが大好きだった節子にとって、シャンソンとの出会いは特別な意味を持っていたと思う。シャンソン＝歌は節子の心を慰め、ひとときでもさまざまな悩みを忘れさせてくれる大きな力を持っていたのだ。

彼女は急速にシャンソンにのめり込んでいった様子だった。

昭和40年の師走、文通を始めて3年がたっていた。年末年始の4日間、私は再び京都に行った。師走の京都は新年を迎えるべく古都らしい風情に満ちていた。哲学の道を歩き、法然院で紅葉のなごりを味わい、泉涌寺で楊貴妃観音を見て、お好み焼きを楽しむ。先斗町界隈《かいわい》や木屋町の白川沿いを歩き、喫茶店のはしごをしながら、さまざまな話をした。大晦日《おおみそか》には八坂神社に「をけら詣《まい》り」に行く着飾った人々を目にし、祇園では関西ならではの「しっぽくうどん」も味わった。
新しい年を迎えて、私は初めて節子に対する思いを伝えた。ひとりの男として節子を愛する気持ちを伝えたのである。このころには節子の中でも私への思いが芽生えていた。だが、その気持ちに素直に従いたい自分と、年の差という現実を否定できない自分との間の葛藤も生まれていた。
1月8日、節子からの手紙の中でもそのことにふれている。

年末年始の4日間、楽しかった。
私の中で確実に雄次に対する何かが変わったと思います。
雄ちゃんは、お正月から重大な決心をしたようですが、
愛すればこそもう一度よく考えて。雄ちゃんの人生はこれから。
社会のことは今までのように思いのままにはまいりません。
仕事、勉強、交友関係も広くなるし…。
あなたの重荷になってはいけない、
という気持ちとしっかり捕まえていて欲しい気持ちが交錯しています。

節子は私に対する気持ちと大人としての分別との間で揺れていた。そして、1週間もたたずに届いた手紙で、私は突然「別れ」を告げられたのだった……。

昭和41年1月14日　節子からの手紙

年明けからずっとふたりのことを考え続けました。
雄ちゃんのために適切な判断を下したい。
ハッキリしない態度をとり申し訳なく思います。
深くお詫び申します。
私の年齢差互いの環境の違いから私には別の道があると気づきました。
貴方には輝かしい前途が待っています。この手紙によって雄ちゃんは
落胆するかもしれません。でも雄ちゃんはバイタリティある人。
雄ちゃんの大切な人生に回り道をさせてしまったことは
心から申し訳なく思っています。

これからはお逢いすることもないと思います。
しっかり人生を見つめて幸せになってくださいね。

何が起きたのかわからなかった。

昭和41年1月18日　雄次からの手紙

私はまだ経験の浅い未熟者です。
しかし未熟故に未来への希望もあります。
これからの長い人生を生き抜く努力をするために、何が必要か？を考えました。
それは「希望をもつこと」だと思い至ったのです。
そして希望を与えてくれるのは「愛」、あなたへの愛情だと。
あなたへの強い愛情が私の精神力の支えです。
愛するとはいかにして生きるか？を知ること、

生きるとはいかにして愛するか?を知ること。

これほど私を支えてくれた言葉はありません。
この言葉を知ったとき、この言葉が愛や人生について考えるとき、
節子と自分のことを考えるときにどれだけ大きな支えになったか!
つまり、生き抜くため、人生を歩み切るためには
愛をすべての考えの前提におくことが究極だ、ということでした。
今まで何度もくじけそうになることがあったが、その都度、
愛を信じ切ることを支えにしてきました。
今までは一度も言っていなかったが初めて言います。
「結婚してください!」

別れを告げられた私は、ストレートに「結婚してください」と思いを伝える手紙を送った。返ってきたのは、節子の本心を吐露する手紙だった。

昭和41年1月20日　節子からの手紙

貴方の手紙が私の心に釘を打ち込むように鋭く入ってまいります。
私は今岐路に立ってどちらに進むか迷っています。
前回の手紙は友人と相談したうえで友人が雄ちゃんと
私の幸せを考えたらそうするのが一番いい、といったからです。
私は泣きながら、雄ちゃんに詫びながらペンをとりました。
雄ちゃんはあの手紙を読んでどう取るであろう？　そう考えると
私自身苦しくて寝てもいられません。
雄ちゃんに逢いたい、逢ってお話ししたい、
思えば思うほど毎日が辛かったのです。
私は雄ちゃんが好きです。
家の人に雄ちゃんのお話をしましたところ皆反対して
私の気持ちなど受け入れてくれません。
雄ちゃんのような有望な人を傷つけてはいけない、

早く雄ちゃんとの交際をやめてお互いの道を進む方がいい。
私がなおも雄ちゃんと交際を続けるなら勝手にしなさいと
家の人からも見放される現状でした。
雄ちゃんは私に身寄りがなくなっても迎え入れてくれますか？
今までお世話になった伯父、伯母や親戚の方々を裏切ることは
とても苦しくてなかなかできない、又、やってはいけないことです……。
雄ちゃん、私はどうすればいいのでしょう。
雄ちゃんにこの気持ちがわかっていただければそれだけで幸せです。
雄ちゃんほどお互いに理解できる男性は私の前にはおりません。
しかし、気にしてはならないといいますが
年の差はどうすることもできませんもの…。
私たちの希望が果たせるのは
ふたりの相当の努力と忍耐が必要だと思います。
私がくじけちゃって、雄ちゃんごめんなさいね。
貴方はとても勇気があります。その勇気はどの場合でも必要です。

捨てないでくださいね！
貴方のご両親も私たちのことは理解されないと思います。
雄ちゃん、貴方は今悪い夢を見ているのです。現在の手近なことより
未来を、遠い先々のことをもう一度考えてくださいね。
私は雄ちゃんからこんなにも愛されてとても幸福です。
私の愛をこの手紙に託して送ります。

節子拝

雄次様

私への「愛」を自覚しながらも、伯父、伯母に「年下の男との交際を続けるなら勝手にしなさい」と見放された節子。世話になった伯父、伯母に不義理はできない、周囲の理解を得られるはずがない、と苦悩する節子。私の両親からも理解は得られないだろう、と絶望的な思いにかられる節子。

年の差を克服するには「ふたりの相当の努力と忍耐が必要」とつづりながら、「貴方は今悪い夢を見ている」と、別れを促すような言葉が続く……。

私はこんな返事を送った。

1月25日の手紙では「私にはあなたほど深く、強く愛せる人はいない。年齢の差など問題外と思う」、1月28日の手紙では「あなたには何が必要か？　それは何者にも代えがたい愛です。純粋に愛し合うこと、精神的な結びつき以上に強いものはない」、1月31日の手紙には「私がこれほどあなたを思うのは、私の人生にあなたが必要だからです」と。

昭和41年2月9日　節子からの手紙

雄ちゃん、長くおたよりもしないでごめんなさいね。

やっと自分自身の気持ちを確かめることができました。雄ちゃん、どんなことがあっても私はあなたについてゆきたいと思います。

しかし伯父、伯母には内緒にしていますので、いつこのことを話そうかと考えていますが…。

また話す機会もあると思います。

今はわかってくれなくてもいつかはきっとわかってくれるはずです。
その時を信じています。
私の気持ちは去年の暮れから落ち着きませんでしたが、今頃やっと
静かに私たちのことを見つめることができるようになりました。

節子

雄次様

節子からの手紙に「悩んだ末の決心、互いの気持ちがはっきりした以上もう何も恐れることはない！　これからの長い道のりはより一つになって乗り越えてゆきたいと思っている」と返信した。

2月の終わり、節子が会いに来てくれた。初めて横浜、江の島、鎌倉を訪ね、ふたりで過ごしたことは忘れられない出来事になった。節子は「雄次からの愛を感じるたびに、それを育むことができている自分は幸せだ、と強く思う。ふたりのこの愛の永遠に私は命を賭けたい」と言ってくれた。

お互いの気持ちを確かめ合い、ふたりの「一緒になりたい」気持ちは、ここから大きく育っていく……はずだった。

昭和41年春、高校卒業

昭和41年4月、18歳の私は東電学園を卒業し、正式に東京電力の社員となり、社会人としての生活が始まった。節子と遠く離れている辛さと不安をかかえ、目の前にはまだまだ乗り越えなければならないことが数多くあるが、どんな困難でもふたりで分かち合い負けないでいこう、という決意も生まれてきていた。

4月7日の手紙では「私たちの愛情は美しい。現実では見られないほどの結晶（花）を咲かせるはず。必ず！　いろんな問題がますます多く出てくると思うけど、一つ一つ慎重に取り組んでいけば必ず乗り越えられると思う。お互いどんな苦しさも分け合って負けないで行きましょう！」と「いつまでも変わらぬ愛を誓います！　節子は！」と強い決意の言葉を書き記していた節子。

だが、5月、24歳の誕生日の手紙には、再び、離れていることの辛さ、将来への不安を訴えていた。

このころから、節子の会社で労働争議が起こり、節子もその渦中に巻き込まれてしまう。社内での人間関係にも問題が生まれ、新たな悩みとなっていた。ガイドの仕事も忙しさばかりがつきまとい、体力的にもメンタル的にも辛い状況。このころ、観光バスの大きな事故が起こり、事故への不安も新たな心配のたねに。ガイドは長く続ける仕事ではない、とも思うようになっていた。伯父、伯母には会うたびに「早く結婚するように」と急かされ……。

思い合う気持ちは日増しに強くなるが、具体的なゴールは見えてこない。身近に悩みや苦しみを打ち明けられる相手がいない節子は、非常に苦しい状況に追い込まれていたことだろう。私もすぐに相談に乗ったり、慰めたりすることができず、節子を支えることができないジレンマに陥っていた。

突然始まった空白の期間

6月、私は京都に飛んでいき、楽しい3日間を過ごした。それなのに、6月24日の手紙を最後に、節子は突然音信を断った。

昭和41年6月24日　節子からの手紙

前略
旅のお疲れは取れましたか？　先日はどうもありがとう。
とても楽しい三日間でしたわ。
あまりにもあっけなく終わってしまいお互いが離れていることが
どんなに不幸かよくわかります。
でもその不幸もあと数年もするとなくなるわけですね。
私もこれからはもっと朗らかに心身を鍛えてお仕事に打ち込んで
貴方を待ってます。ふたりの愛が純粋で
しかも真実のものであるほど愛の幸福はないでしょう。
私はいついつまでも貴方の中に生きてゆく。
あなたを愛の真心で見つめていきたい。
今夜も夢で逢いましょう。
八月にそちらに行ったらきれいな海岸でも静かな山でもいい、
案内してくださいね。
三浦半島など今から想像して一人楽しんでいますもの。

私の心はもう二か月も早く八月に飛んじゃっています。
早くお逢いしたいわ。
お逢いしたいあじさいより
雄次様

「早くお逢いしたいわ」と手紙には再会を心待ちにする言葉が躍っている……。なのに音信を断った理由がわからなかった。その後も私は手紙を送り続けた。そして、最後に通じた電話では「婚約をしたから」と告げられた。婚約自体、信じられないことだったが、なんとか自分を納得させて節子の幸せを祈ろうともした。でも諦めきれなかった。

節子はまだ京都にいるのだろうか？　結婚したのであれば、いるはずはない……。節子に対するけじめをつけたいという思いもあり、その年の暮れ、再び京都に行った。

大晦日、京都に着いて節子の寮に電話するが、「いない」という返事。雪の舞う中、私はあてもなく四条通を八坂神社のほうに向かってひとり歩いた。大晦日ということもあり、四条通には八坂神社で「をけら詣り」をすませ、家路に向かう人が行き交っていた。

そんな人たちをぼんやり眺めながら賀茂大橋に差しかかると、なんと前から節子がこちらに向かって歩いてくるではないか！　男性と一緒だった。

瞬間「うそだろ！」と思った。ショックだった。これが「婚約者か」とも思った。節子も私を見て「ハッ!?」とした表情をしている。

とっさの出来事に互いに声をかけることのないまま、すれ違っていた。こんなぶざまなことはなかったが、とにかく節子はまだ京都にいる、と確かめることができた。不思議なことに、安堵《あんど》感のような思いがわいてきていた。

この偶然の再会後、私からの手紙も節子からの手紙もまったく残っていない。5月には25歳を迎えた節子に誕生日のお祝いと、これまでの感謝を伝える手紙を送った。

音信不通から1年たった6月のある日、本当にこれで最後と思ってかけた電話に節子が出てくれた。7月には「全国シャンソンコンクール」に出場するため上京するという。それに合わせて会ってくれるともいう。

コンクールの前日、私たちは鎌倉で会った。あじさい好きの節子と明月院を訪れた。

コンクールの結果は、節子を含め京都から出場した5人全員が落選。節子も落胆のうちに京都に戻ることになった。

再会した日の日記に、節子はこう記している。


私は貴方を見送った後自分自身に問答し悩みました。

私に必要なものは温かい愛であり家庭であると思います。

しかしそこまで行くには二人の努力と忍耐が必要です。

雄ちゃん、一年間の空白期間で私は貴方を忘れることはできませんでした。節子はやはり貴方を愛しているのです。

でもその愛をシャンソンが邪魔してしまって通してくれませんでした。

今すぐ貴方のあとを追って言いたい。

貴方を愛しているって。

〜雄ちゃん、早く節子を幸福にして下さい。〜

音信不通の1年間は私には試練の日々だった。この間、節子の中ではどんな変化が起こっていたのか……。だが、この日も、そして交際が再開してからも、突然連絡を絶った理由を節子の口から聞くことはなかった。

昭和42年8月、天橋立行き

私の心の内は余分な憶測、悩みなどで苦しみの渦中にあったが、何事もなかったかのように手紙のやりとりが再開し、昭和42年の夏がくる。

「大文字の送り火」が行われる8月16日に京都を訪ねると、節子から提案があった。今年は天橋立で行われる燈籠流しを見に行かないか、と言う。

さっそくレンタカーを借り、天橋立に向かった。会社の業務以外での運転は初めてだったし、道路地図もなかったが、道順は節子が案内してくれたので安心して運転することができた。どんな会話をしながら行ったのかは、よく覚えていない。

天橋立の燈籠流しは夜7時過ぎに開かれる。京都市内を発ったのは午後4時を回ったころ。天橋立までは100キロくらい。なんとか間に合うと考えたが、着いたときにはすでに8時近くになっていて、燈籠流しのクライマックスは過ぎてしまっていた。引き返すこともできなかったので、宿の手配が必要だった。

節子が勤めていた会社の本社が宮津市内にあったので、宿探しは節子に任せた。だが、お盆の帰省客と燈籠流しの客で混雑していて、とれたのはひと部屋だけ。宿に入り、遅めの夕食をすませて風呂に入り、部屋で落ち着くことができたころにはすでに10時を過ぎていた。

初めてふたりで過ごすことになった夜、それほど緊張することもなく、節子がいれてくれたお茶を飲みながら「燈籠流し、間に合わなかったわね。とってもきれいだそうだからまた今度来ましょう」などとたわいのない話を重ねた。

だが、思いのほか会話が弾むこともなく2つ並べられた床に入り眠ることになったが、私はなかなか寝つくことができない。まんじりともしないまま時間だけが過ぎていった。3時間もたったころ、私は節子に声をかけた。節子も寝つけなかったらしく、起きていた。

それまで腕を組んだり手をつないだりすることすらなかった私たち。こういう状況でどうふるまえばいいのか、ある意味、途方に暮れていたのである。

しかし、今、節子に自分の思いをぶつけなければ、と。私は無言のまま節子の床に入っていった。私にとっては未知の世界。おそらく節子にとっても初めての経験だったと思う。ふたりが浅い眠りについたのは、夜が白々と明けてくるころだった。

天橋立行きは、ふたりの運命を決定づける旅となった。節子にとっては覚悟の旅行だったと思う。出会ってから5年、大きな節目になった。

昭和42年8月21日　節子からの手紙

雄ちゃん　疲れは取れましたか？
二人でいろいろ話し合いましたがもっと時間が欲しかったみたい。

でも節子は毎月時間をさいて逢いに来てくださる貴方に感謝してます。
貴方のためにも私のためにも
私は貴方にどこまでも従ってゆかねばならないと思いました。
来年三月といっていた貴方の約束、結婚は二人だけのものでもなく
あなたのご家庭や会社の問題、そうたやすくできるわけではありません。
貴方をこんなに早く結婚ということで束縛してしまうのは
悪いような気がします。
私がいつまでも貴方を待って我慢すれば済むことです。
節子はワガママな子ですが…あなたの愛を信じてついてゆきます。

今私の胸の中には幸福と不安が入ってきたり出たりで落ち着きません。
貴方がそばにいてくださるとこの上なくうれしいのですが…。
橋立の貴方は私には少しこわかったみたい…
でも私は少しも後悔はいたしません。あのままが私たちにとっては
自然であり二人の絆を深めていると思うようになりました。

二人のために少しずつ品物を買っています。
古丹波焼の壺、可愛らしい壺で食卓に飾りたいもの。
貴方と食事をした綾部のドライブインで買いました。
友人が能登半島に行ったので輪島塗のお箸を頼みましたの。
その土地独特のおもしろい家庭用品を使いたいのよ。
今までも集めていたけどこれから少しずつ買ってまいります。

雄次様

節子

この後、ふたりの関係は加速度的に深まっていくが、節子の心はまだ揺れ動いていた。

昭和42年9月6日　節子からの手紙

大阪に帰って伯父伯母に私たちのことをお話しいたします。

別に伯父たちは結婚の事を話しても驚かないと思いますが、
やはり年齢の差のことで少々こだわるかもしれません。
私がこれでシャンソンをやめればと思って安心するかもしれません。
一時はシャンソンに全力を注ぎ私は一生シャンソンと共に生きたいと
思っていましたが、私の心に貴方が真心のクイを打ち込んでからは、
私の生き方がある点からみると間違っているかもわからない、と
思うようになりました。先生は私たちの結婚はまだ早い、
当分は歌を歌ってシャンソンをのばし、
あなたと結婚する時期が来るまで待つようにと話をしていました。
私たちのことは恋人として先生は認めてくれています。
こんな大きな問題を目前にして、つい一人でかんがえ、
悩んだりして過ごしています。
シャンソンはすぐやめられそうで言い出すのがちょっとむずかしく、
今すぐやめる事はできにくいのです。
貴方にはもちろん私の凡ての愛を捧げ愛しています。

唄いながら苦しい日が続きます。早く貴方の救いを受けたい気持ちなのです。でも貴方の方こそ大変でしょうね。貴方は若くして結婚について悩まねばならなくなってしまったのですもの…私はただ貴方を信頼し貴方にいつまでも従ってゆこうと思うのですがいろいろ問題が解決しない限りはまだ心配です。貴方に愛される私は幸福です。その一面心は複雑です。私は貴方の可愛らしい、いい妻になりたいと思います。貴方がこの先いつ迎えて下さってもいいように準備を心掛けたいと思います。私は永遠に貴方に愛され愛したい！　どうぞ私を幸福にして下さい。

貴方の節子より

愛する雄次様

この後も、節子は「愛」にすべてをゆだねる決心をしたかと思うと、年の差や私の経済力、将来性の問題、伯父伯母との関係、シャンソンへの未練などに心をかき乱される様子を手紙につづってきた。上司や仕事仲間などからの「年下の男との結婚を危惧するアドバイス」も、節子を戸惑わせたのでは、と思う。

1カ月後の手紙でも、同じような悩みをつづってきていた。「雄次の熱意は十分にわかるが、熱に浮かされず、冷静に考えなさい」という私への忠告、気持ちに流されてはいけない、という節子自身の自制心を表す内容もあった。しかしこういった手紙は、「節子と一緒になる」という私の決意をさらにかたくさせることとなった。

節子には「性急な結婚を無理強いせず、節子の気持ちを尊重したい」「経済面、人間的成長、社会的信用がそろって初めて結婚を考える」といった内容の手紙を送った。ただ、ここにきて、どうやっても解決できない年の差の問題を突きつけられ、そんなことを言われても、という戸惑いがあったのも事実だ。

節子とシャンソン

節子が夢中になったシャンソン。当時はメジャーな音楽ではなかったが、節子にとっては大きな存在となっていた。ピアノを伴奏に歌う緊張感、ドラマチックな歌の世界に入り込み、うまく表現できたときの快感は何物にも代えがたい喜び、安らぎをもたらしてくれたのだろう。

シャンソン教室は、毎週1回、二条城前にあった京都国際ホテルのラウンジで開かれていた。ピアニストとのレッスンを受けたのち、ホテルのラウンジで数曲歌う。私も何度か、ラウンジで歌う様子を見に行ったことがある。客は主にホテルの泊まり客で、シャンソンを聴きながらゆったりお酒を飲んで過ごす、というシチュエーションだ。

私は節子が好きな歌を歌い、心の平穏を保つ手段として楽しんでくれれば、というくらいの気持ちで見守っていた。だが、節子は次第に歌う喜びに目覚め始めてしまったのだ。

シャンソンを始めて1年を過ぎたころ、いつもレッスンと伴奏をしてくれているYさんに勧められ、市内北部にある高級クラブ『蓼』で歌い始めた。『蓼』は「著名な作家たちが常連客として訪れるような品のいいクラブだ」と節子は私に説明していた。

だがどんなに高級なクラブでも、私は酒の席であるラウンジやクラブで歌うことに、あまりよい感情をいだいていなかった。芸能界や水商売に近い世界に節子が足を踏み入れるのが心配で、本心はやめてもらいたかったのだ。

昭和42年7月、シャンソンコンクールでの入賞が叶わず、私との交際が再開したあとも、節子はシャンソンを断ち切ることはできず、クラブへの出演も続けていた。有名高級クラブなどステージの誘いも増えていた。一生をかけたい、と思うほど大好きなシャンソン。歌える場所があるなら1曲でも多く歌いたいという思いが強かったのだろう。

また、上司からも「結婚より歌を優先に」と言われ、迷いが生じたのではなかったか。

10月、節子がシャンソンを歌い続けたいのなら、私が京都に行き、暮らすことも辞さない気持ちがあるとも伝えた。私の人生には節子が必要なのだと。

愛情の押し売りはしたくなかったが、私の節子への愛には一点の曇りもなかった。

シャンソンとの決別、結婚

さまざまなやりとりがあった。今思うと5歳年下の私には、24歳、25歳という年齢の女性の将来への揺れる思い、悩みが、きちんと理解できていなかったと思う。

それでも悩みに悩んだ節子は、この年の終わりにシャンソンとは決別し、私と一緒になる道を選んでくれた。

昭和42年12月26日　節子からの手紙

前略
お便りありがとう。考えて考えて毎日が辛く感じられます。
貴方のため、私のためにも幸福になるべく方法をとりたいと思います。
昨日は大阪に帰りました。伯父伯母たちにも私のことを話しました。
歌のことはことごとく反対しておりますが、

私たちの結婚について反対はしていません。
貴方にも時期を見て会いたいと申しておりますので
もうしばらく待ってください。
私は本当に悩み続けます。自分が悔しくなります。
この際思い切ってシャンソンを辞めるようにとりはかり、
あと一年間丹海バスに勤めその後貴方に迎えて頂きたいと思います。
早く貴方に逢いたい、私もこの苦しみを忘れて
貴方の胸の中に思いを包んでいただきたい。私は貴方によって
これからの人生が始まるのです。貴方にすべて頼ります。
貴方との愛の灯を一生灯さねばなりません。
こんな私を決して不幸にさせないでください。
もう私にあるものは貴方だけです。
来年は何事も貴方に従って貴方の節子になります。

愛する雄次様

貴方の節子より

遠距離、年の差、若い雄次の将来に対する不安、社会人としての未熟さ、命をかけてもいいとまで打ち込もうとしていたシャンソンとの決別。節子にとっては、常に期待と不安がないまぜになった6年間の交際だった。支えになったのは、唯一、互いにいだいて大切にしたいと思いつづけていた〝愛〟だった。

結婚までの6年間は、私にとっても普通の少年がたどる成長期とはずいぶん異なる年月となった。普通なら高校受験や進学のことで過ごす時期（年齢）を一足飛びに、ひとりの大人として「人間としてのあり方」や「愛とは何か？」といったことを深く考える6年間となった。また「大人としての責任」や「人生のあり方」「常識や良識」といった、この年齢ではなかなか対面しない問題にも向き合い、「人間の本質」についても思い悩んだ。

しかし、この苦悩に満ちた恋愛がもたらした成長は、今後の人生の得がたい財産になったと素直に思う。

私と節子は昭和43年12月9日、盛大ではなかったが私たちのことをよく理解していてくれた人たちに見守られ、結婚式を挙げた。

私の隣には、ウエディングドレスに身を包み、幸せあふれる笑顔の節子がいた。この日のために節子がデザインしオーダーしたドレスは、このうえなく美しくよく似合っていた。

第2章

夫婦の絆、〝走ること〟の始まり

新しい生活のスタート

新婚生活のスタートは東京電力の社宅住まいからだった。社宅は2軒がひと棟になっていて、間取りは6畳ふた間に4畳半がひと間、台所と浴室がついていて新婚家庭としては申し分のない広さだった。裏庭も30坪ほどあり、洗濯物を干したり小さな家庭菜園をつくったりできるくらいの広さだったから、当時としては恵まれた住宅といえた。

私の仕事は技術系の職場で、3交代制。6日勤めて2日半休むという変則勤務で、家で過ごす時間も比較的長かった。

朝起きたときも食事をするときも、何をするときも声をかければ相手がいる。節子にとっては「雄次がそばにいてくれる!」という毎日は、大きな安らぎになったことと思う。遠距離恋愛時代とはまったく違う、精神的に満たされた日々を手に入れたふたりだった。

社宅は職場に隣接していたが、周辺にはほとんど民家がなく、あるのは畑だけ。のどかではあったが不便といえば不便なところだった。夜になると周辺にはまったくといっていいくらい明かりがない。華やかな京都の町中で生活してきた節子には、寂しい限りだったろう。近くには商店もスーパーマーケットもなく、買い物にはバスで20分ほどかけて行かなければならなかった。

勤務が非番のときは私もできるだけ一緒に買い物に行くようにした。私の実家も同じ市内にあったので、買い物に出かけたときは実家に立ち寄り、父や母に会って互いの様子を伝え合っていた。

ふたりだけの時間もふんだんにあったから、ずいぶんいろいろな話をすることができたが、ケンカ（議論）もよくした。年齢の違い、社会経験の違い、価値観の違い、生い立ちの違いから、ささいなことでケンカになった。ときには明け方まで議論が続くこともあった。私には、年下ではあるが男としてリードしていかなければならない、という気負いがあった。一方、未成熟で背伸びをしている自分へのいら立ちもあったかもしれない。だが、ケンカは互いの価値観や考え方をすり合わせ、夫婦としての基を築くために必要なプロセスだったと思う。

私と節子は食の好みも違っていた。節子はもともと「濃いものや辛いもの、脂っぽいもの」が好き。天ぷら、唐揚げ、酒のつまみ系、うにやかにみそ、肝類、唐辛子といったところだ。男っぽい嗜好《しこう》といえるだろう。

後年は甘いものも食べるようになっていたが、自分から甘いものを食べるようなことはなかった。結婚前も喫茶店に入ってもケーキなどのスイーツを頼むことはほとんどなく、コーヒーも、もちろんブラックしか飲まない。

一方の私はどちらかというとさっぱりとした食べ物が好みだったし、コーヒーは砂糖やミルクを入れて飲む、といった具合。そんな中、ふたりとも好きだった寿司は、唯一合う食べ物だったかもしれない。

食についての考え方も違っていた。節子には、なによりも食べることこそ生きる源、といった考えがあり、常に「食べなくちゃ闘えないわよ!」と言っていたし、徹底していた。

このへんも私とは考え方が真逆で、私はどちらかといえば食事よりもやることを優先してしまうタイプ。こんなふたりだったから、夫婦としては合致するものは少ないほうだったかもしれない。

とはいえ、旅好き、歴史好き、音楽好き、服のセンス、何事も本物志向であり、どんなことにも上昇志向が強いところは一致していた。こう挙げてみると、むしろ普通の夫婦よりもよく似通った夫婦だったのか、とも思う。

節子はシャンソン歌手への道は断念したが、歌を愛する心に変わりはなかった。ふたりでコンサートにもよく出かけた。エンリコ・マシアス、アダモ、マイケル・ジャクソン、ホイットニー・ヒューストン、プリンスの来日公演にも行った。節子の好みはクイーンやプリンス、日本のアーティストではX JAPANだった。

特に結婚前に私が贈ったレコードの『愛の讃歌』は、ふたりの大好きな曲であり、ふたりのテーマソングになった。いろいろな人が歌っているが、日本人では「越路吹雪が一番ね」と節子は言っていた。結婚2年目の秋には、近くの市民ホールで開かれたリサイタルに出向き、終演後、楽屋に行ってレコードにサインもしてもらい、思い出の1枚となった。ふたりの音楽好きは終生変わることはなく、終の棲み家となった平塚の家には数多くのレコード盤やオーディオ機器があふれ、どの部屋にいても好きな音楽、シャンソンを聴くことができた。

愛娘の誕生と別れ

結婚してまもなく節子は妊娠した。待望のベビー。出産予定日は昭和44年12月31日の大晦日だった。順調に臨月を迎えたが、予定日2日前に破水、30日にはかかりつけの産院に入院した。陣痛が弱かったので促進剤の投与、吸引、鉗子《かんし》を使うなどを試みたがうまくとり出すことができず、結局、帝王切開による分娩《ぶんべん》となった。

入院から41時間後、子どもをとり出せたものの難産だったため衰弱が激しく、11時間後に亡くなってしまった。元日の出来事だった。

とり出された子は玉のような女の子。3200グラムに育っていた。生まれ出たあと、ふた声、産声を上げた。私の耳には今でもその産声が鮮明に残っている。鈴を鳴らしたように澄んだかわいらしい声だった。

出産後、お産の疲れからか節子は大きないびきをかいて眠っていた。自分が格闘の末に生んだ子の産声も耳に届いていなかっただろう。不憫《ふびん》でならなかった……。

節子には亡くなった子どもの姿を見せるのがしのびなく、休んでいる間に荼毘に付すことにした。

正月3日、市内の斎場へは私ひとりで行った。用意していた産着を着せて棺《ひつぎ》に納めた。節子をかわいそうに思う気持ちと、子を失った悲しみがない交ぜになり、涙が止まらなかった。

子どもには「環《たまき》」という名前を用意していた。日本人で初めて国際的な名声をつかんだオペラ歌手、三浦環の「環」だった。歌が好きだった節子のことを考えてつけた名前……。成長していれば、どのような娘、家族になっていたのか……。残念である。

節子と子どもは、小さな骨壷に入った遺灰という悲しい対面になってしまった。節子は「私たちの環ちゃんだわね……」とか細い声でつぶやいた。目にはうっすらと涙が浮かんでいた。その反応が思いのほか小さかったことで、節子の悲しみの深さをよけいに感じられた。たとえひと目だけでも子どもの姿を見せてあげたかったが、それができなかったことは、いまだに大きな悔いとして重く心に残っている。

好きな旅の始まり

結婚前に心配したとおり、結婚後の生活はラクではなかった。なにせ私は21歳になったばかり。大企業といえどもサラリーは知れている。結婚して2年目、節子はパートタイマーとして働きに出た。結婚式の司会をしてくれた私の上司が勤務する藤沢営業所で、事務パートとして勤め始めたのだ。

事務の仕事にもすぐに慣れ、周囲の人とも楽しく過ごし、その後もずっとつきあうことになる友達もできた。その友達とはことのほか馬が合ったのか、節子としては結婚後唯一といってもいい親しい人になった。

環を失った悲しみは大きかったが、ふたりの考えや姿勢は常に前を向いていた。

結婚前、私たちは、私が30歳になるまでに全国すべての都道府県を旅しようと約束していた。環を失ってしばらくたち、節子の気持ちも落ち着いたころ、私たちは初めて遠出の旅行をした。その後もずいぶんいろいろなところを旅して回ったが、このときは結婚して初めての旅行だったので、特に印象に残っている。

私たちには新車を買うほどの財力はなかったが、同僚がタダ同然で譲ってくれた軽自動車での旅だった。行き先はやはり京都。晩秋、黒地に赤の太いボーダー柄のおそろいのセーターを着込み、節子はその上から毛足の長い黒のハーフコートを羽織っていた。

すでに東名高速道路は開通していたが、軽自動車の性能に若干不安があったので国道1号線を西に下ることにした。江の島を出て大磯で1号線に合流し、そこからはバイパスを使い、バイパスが切れると再び1号線に戻ることを繰り返しながら京都をめざした。

久しぶりに自宅を離れ、仕事からも解放され、ふたりとも恋人同士のような気分で旅を楽しんだ。箱根の峠も無事に越えて静岡へ。静岡では旧東海道鞠子宿にある江戸時代から続く「丁子屋」という茶店に寄り、麦飯にとろろ汁をかけたご飯を食べた。

　バスガイドだった節子は通過していくそれぞれの土地にまつわる歴史や事物、道順にはことのほか詳しく、旅は快適だった。特に道順については、節子の車窓を見ながらの誘導が素晴らしく、大助かりだった。

　愛知、岐阜を過ぎるころから雲行きが怪しくなり、滋賀県に入るころにはバケツをひっくり返したような豪雨に。大型トラックとすれ違うたびに、小さな軽自動車はフロントに大量の水しぶきを浴びるほどだった。すでに日は暮れて夜になっていた。このままでは運転が難しくなる、と判断。どこかで宿をとらなければならなかったのだが、事前にホテルなども予約せずに出てしまっていた。

「公衆電話を見つけて宿を探さないとね」

　そんな会話をしながら西に向かって進むと、ラブホテルのネオンが見えた。一度も入った経験はなかったが、ラブホテルなら直接行っても入れるだろう、と顔を見合わせながら笑った。当然ながら、予約なしでラブホテルに投宿。薄暗い部屋ではあったが、とりあえず宿に入れてホッとしたのを思い出す。こんな形で人生初のラブホテルを体験することになった。

周到な準備もないまま「なんとかなるだろう」的発想のふたりは、トンチンカンなところが随所にありながらも、気の置けないふたり旅の楽しさを存分に味わった。

翌朝は昨夜の豪雨がうそのように上がり、快晴。

あらためて地図を確かめると、泊まった場所は滋賀県彦根市だった。せっかくだから、近くにある彦根城に行ってみよう、ということになった。彦根城は幕末の大老・井伊直弼の居城。歴史好きのふたりとしてはぜひ見ておきたいところ。天守閣は青空によく映え美しく、往時の姿を十分にとどめた威容を誇示していた。

天守閣へと続く土道をふたりして歩くとき、節子はごく自然に、当たり前のように私の腕に自分の腕をからませた。ふたりが交際を始めたころには人前で腕を組むことなどほとんどなかったから、今振り返ると不思議にすら思えるほどの変化だったが、私には心地よかった。天守閣に着くと彦根城下の景色を一望できた。その後は近くの茶店に立ち寄り、団子を食べながら薄茶を喫して旅の気分を楽しんだ。大津から琵琶湖にかかる瀬田の唐橋を渡って逢坂山を越えると、いよいよ京都。

数年ぶりに訪ねた京都は懐かしく、鴨川沿いを歩いたり、祇園のうどん屋「権兵衛」でしっぽくうどんを食べたり、節子の京都時代の友人夫婦や恩師であるA先生を訪ねたり。かつての自分たちと、今こうして京都に来ている自分たちの境遇の変化、そして新しい人生をふたりして始めることができたという喜びを再確認する旅だった。

節子との旅

時間に追われる生活の中でも、旅行は大きな楽しみだった。

ふたりとも陶器や塗り物など日本の伝統的な物産が大好きだったから、窯元めぐりや地場品を買い求めることも、旅のもうひとつの楽しみだった。

栃木の益子焼や奈良の赤膚焼、山口の萩焼、佐賀の唐津焼、会津の本郷焼、愛知の常滑焼、もちろん京都の清水焼も。ずいぶんいろいろな窯元を訪ねたものである。

益子では人間国宝・濱田庄司氏のお宅に厚かましくもおじゃまさせていただき、奥さまにお茶をごちそうになりながら茶碗を分けていただいたり、赤膚焼窯元の大塩正人氏と懇意になり、古代柄のコーヒーカップをいただいたり。インパクトある佇《たたず》まいの本郷焼のにしん鉢なども求めた。こうして手に入れた普段使いの食器も、生活に彩りを与えてくれた。

中山道藪原宿の曲げ物、飛騨高山の春慶塗、石川の山中塗や輪島塗など、ふたりで選んだ数々の品。手にするたびに思い出を語り合う肴《さかな》になった。

歴史が大好きだった私たちは歴史が残る地も数多く訪ねた。白虎隊の会津、戊辰戦争の舞台である越後長岡、会津街道、塔のへつり、中山道六十九次宿歩き旅、奥州街道は三厩までの一一四次、日光街道歩き旅、北国街道松代では佐久間象山の日本電信発祥跡や旧大本営跡、真田藩菩提寺の長國寺も訪れた。

中国路は、山口の萩で維新で活躍した長州藩士たちの遺構や吉田松陰松下村塾を、広島では原爆ドーム、文学の里・尾道では千光寺、筆の里・熊野町、岡山では吉備津彦神社の比翼入母屋造や備中国分尼寺跡、島根では松江城から小泉八雲旧居、出雲大社、つわぶきの里・津和野城下では町中を流れる側溝の鯉たちを見た。数え挙げたらきりがないほど多くの地をふたり旅して歩いた。

〝若きときに旅をせざれば老いて語ることなし〟

お金もないのにふたりして旅したことは、老境近くになっても若き日の思い出として語り合うこともでき、人生の心豊かな味づけになった。後年、節子が病に倒れてからも、機を見つけては旅に出かけた。旅はふたりの人生のエッセンスだったから……。

組合活動、23歳での書記長

私が勤務していた東京電力は、家庭で使う電気をつくって供給する会社。私は家庭に送るために高い電圧を下げる「変電所」を管理統括する工務所という部署で働いていた。所属の事業所は神奈川県中部（横浜、鎌倉、藤沢、横須賀）を管轄エリアとし、社員は300人ほど。業務量は膨大で、やりがいはあったが仕事に忙殺される毎日でもあった。

東京電力には当時4万人くらいの社員がいて、当然のことながら労働組合もあった。結婚して3年目、所属する事業所の組合活動にも担ぎ出されることになった。入社5年目、私はまだ23歳。とても若い起用だった。職場からの推薦であり、私にしたらありがた迷惑の部分も多分にあった。しかも振られた役目は書記長。組合3役といって一番大変で忙しい役割だ。「なんで俺が書記長なんだ！」と、内心は舌打ちしたくらいだった。

仕事の内容は活動の資料づくり、各種会議の調整、議事の進行、職場オルグ、賃上げや賞与闘争の労使交渉など。組合本部で決められたことを事業所で経営側を相手に交渉、調整することだ。これを本来の業務以外でやらなければならないから、じつにタフな毎日を強いられることになった。

大手企業の組合活動で実績を残せば将来の昇進にも大きく影響するからと、積極的に組合活動に身を投じる同僚もいた。私にも組合の上位機関に上がって活動をしてほしい、という要請が再三あったが、しょせんは「御用組合」、要請には応じず組合活動は4年ほどで卒業した。

大変な役割を引き受けた収穫といえば、事業所の所属長や普段は口をきくこともないような上位機関の人たちとの交流を経験し、業務を進めるうえで「腹の座った」立ち居ふるまいができるようになったことだろうか。何事も経験しなければわからないし、経験は何物にも勝る財産、と考えるようになったことは確かだった。

最初の社宅から次に移った社宅は、片瀬という藤沢市の海側のほぼ中心部にあった。ふたり住まいには問題ない広さがあり、社宅は業務用だったので家賃はほぼゼロだった。

生活はぐんと快適になった。デパートや大きなスーパーマーケット、衣料品を買うためのショップは豊富。喫茶店も映画館もコンサートホールもあり、東京近郊では、千葉県柏市と並んで目覚ましい発展を続けている街だった。

片瀬に移ってまもなく、いつも行くスーパーで、あるイベントがあった。スーパー内のテナントの商品の一部に番号がつけられ、商品番号を投票すると抽選で北海道旅行が当たる、という催しだ。旅行は豊洲ふ頭からフェリーで苫小牧へ、そこから道南エリアを5日間でめぐるという豪華な内容だった。

軽い気持ちで投票すると、なんと見事当選！　当たったのは東京近郊に住むカップル3組。この手の抽選は当たらないのが当たり前と思っていたから、じつにラッキーだった。

初めての北海道。秋の北海道は1年で最も味覚が豊富な時期。鮭、イクラ、かに、帆立などの海産物や、ジンギスカンバイキング、バターやチーズなどの乳製品、肉など文字どおり多彩な秋の味覚を存分に味わった。

札幌の時計台、北海道大学のポプラ並木、クラーク像、紅葉の定山渓、洞爺湖など道南のさまざまな土地や事物をめぐることもできた。いつかは行ってみたいと思っていた北海道旅行がこんな形で実現したのである。

初めての「ふたりの城」

結婚するとき、節子の上司であったA先生から言われたことがあった。

「雄ちゃん、大変だけれど結婚したら20代のうちに自分たちの家を持たなくてはダメよ！」と。独立したら「自分の城を持つべし！」というわけだ。理屈も理想も頭ではよくわかっていたが、28歳の私には「住宅ローン」という言葉が重く、なかなか実現できないだろう、と思っていた。

ところが、節子がパート先の友達から「中古の家を売りたがっている人がいる」という情報を得てきたのである。平塚の海岸に近いところの一軒家、ということだった。

昭和50年の秋ごろ。まだわが家の経済状態はカツカツで、住宅資金もそれほど貯まっていなかった。だが会社の住宅融資制度を使って買えるならと、物件だけは見ることにした。とりあえず売主に会ってみようと、夕方、仕事を終えてからその家を訪ねた。売主である住人は市役所勤めの50歳前後の人。不動産屋の仲介などを置かず、直接売主との交渉だったが、私には不動産売買の知識はまるでない。いくらで売ってもらえるのかしか頭にない状態で、その場に臨んでいた。土地の面積や立地、通路の状態、上下水道の状態など、何の予備知識もないままに、である。まったく無謀な話だ。

いきなり「いくらで買ってくれるの?」と言う相手に、私は「500万円でどうでしょうか?」と答えてしまった。相手は「500万だとよ」と、家の中の奥さんを振り返りながら笑って言った。そして「いいよ」と言う。私は「よろしくお願いします」と返事をしていた。これだけである。

あとでわかったことだが、27坪のこの家の土地は変形で、家は雨もりがしそうなあばら家、しかも上下水道は通じておらず井戸水のみ。さらに家にたどり着くまでには他人の土地を通らなければならない。これほどの劣悪物件を、法外な値段で買ってしまったのである。条件を考えると100万円でも高かったかもしれない。

聞かなかったほうも悪いが、売る側も市役所勤めをしているくらいの人ならば、せめて実情の説明くらいしてくれてもよさそうだが、あとの祭り……。売主が金額を提示する前に「500万円」と言ってしまったのも大失敗だった。若気の至りとはいえ、まったくお粗末な、まさに「子どもの買い物」でしかなかった。節子はというと、自分が持ってきた話でもあり、家を見て落胆はしていたようだが何も言わなかった。

A先生との約束は果たせたが、散々な結果と高い勉強をしたものである。しかし、困難（失敗）な状況に陥っても落ち込まず、前向きに頑張ってしまうのが私である。購入後は自力で家の畳を全部取り外して根太を張り、硬質ベニヤをくまなく張りつけて板張りの室内に替えた。崩れそうだった塗り壁も、すべて化粧ベニヤに張り替えた。

とりあえずは初めての「持ち家」だったことは間違いないので、情けなくはあったが、この家が「わが城第1号」となった。

ところが、である。さらなる困難にぶち当たった。

暮らし始めて2年目、事件が持ち上がった。同じ区画の1軒の家の所有者が、わが家に至る通路をふさぐ造成を始めたのだ。通路がふさがれると、わが家のみならず同じ区画の3軒の家は生活が立ち行かなくなる。

現在ならこんな工事をするときは関係者に事前に内容を説明し、合意のもとに進めるのが当たり前だが、そんなことはまったく無視しての暴挙。争いになった。ところが私の両隣の住人は、いずれも係争ごとには疎い人たちで対処法がわからない。もちろん私とて未経験だし、年だってようやく29歳になったばかりだったが、なんとか立ち向かうしかないと覚悟した。

苦労続きの係争だったが、ある弁護士の強力な援助を受けて解決することができた。だが解決には7年もの年月がかかった。

しかし家を持ったことは決して失敗ではなかった。その後は「よし、次はもっと納得した家をつくろう！」という自分自身への戒めと、より高みをめざそうというモチベーションにもつながったのだから……。

また、期せずして経験することになった裁判沙汰。自分の無知が招いた出来事だったが、係争にあたって仮処分申請をするにはどんな手続きが必要なのか、弁護士にもいろいろな人がいるということ、裁判や調停の仕方といったさまざまなことを学ばせてもらった。このような経験が人を成長させてくれる源泉になっていくのだ、と。

建て替え、建物も家具も新しく

係争を無事終えたのち、昭和59年、37歳のときに家を建て替えることになった。節子も私も住宅展示場で目にしたアメリカンハウスにひと目ぼれし、住んでみたくなったのだ。木造のツーバイフォーの家だった。おしゃれなスレート瓦の屋根、白くペイントされた板張りの壁。周囲の家々とはまったく異なる外観。内装も床は無垢《むく》のオーク材、天井はパイン材。出来上がるのが楽しみで、基礎工事のときからふたりで足しげく現場に通い、出来上がる過程をつまびらかに見ながら完成を待った。

節子も私も夢のある生き方をしたいと願っていたから、住む家についても納得して楽しい時間を過ごせる家にしたかった。安くはなかったが今の自分たちができる最良の住まいを、との願いを込めた家づくりだったのである。

新しい家で使う家具にも私たちらしいこだわりがあった。アメリカンハウスに似合う家具が欲しかった。家具もアーリーアメリカンで、というわけだ。展示場のモデルハウスに置いてあった飛騨高山でつくられた家具に惹かれ、建築している最中、私たちは高山まで出かけた。飛騨産業という会社の直営店を訪ねて説明を聞き、カタログを見ながら現物を見る。ふたりで「これだね!」と気に入ったダイニングテーブル、食器棚、チェスト、ライティングデスク、椅子など、必要なものをひとつずつ決めていった。結構な値段だったが、ふたりとも納得のいく家具が欲しかったから迷いはなかった。

ふたりの夢が現実となった「第二の城」は小さいながらも居心地がよく、多くの人が集まるにぎやかで楽しい家となった。このときに買った家具のいくつかは、今もわが家で活躍している。また、家具を購入しに出かけた高山の地は、二十数年後、大きなウルトラマラソンを開催することにつながっていく。人生とは不思議なものである。

夢の実現、家の建て替えには住宅ローンを組まなければならなかった。ここから再び節子の踏んばりが出てくる。ガイド業への復帰である。私は節子には二度とバスには乗ってほしくないと思っていたし、節子自身もおそらく復帰はしたくなかったのでは、と思う。だが当時、ガイドはサラリーマンの3倍近い収入が得られたことも事実だった。

復帰すると節子のガイドとしてのスキルの高さから仕事は途切れることがなく各地を飛び回り、家にいるのは月に1週間ほどという忙しさだった。こんなときも「しばらくは不便な思いをさせるけどゴメンね！　毎日連絡するから雄ちゃんも頑張ってね」と私を気遣ってくれた。

ランニングとの出会い

話は前後するが私が30歳になった年のことである。私は3交代勤務の職場から管理職場へと変わっていた。仕事は多岐にわたり、処理する業務も多かったので毎日の残業は恒常化していた。基本はデスクワークなので、当然のことながら運動不足になっていた。

勤め先では毎年、春と秋に定期健康診断が行われる。ちょうど30歳になって初めての健康診断で、それまで10年間変わっていなかった体重が半年で4キロほど増えていたのだ。私の父は肥満体で普段から血圧が高く、会社を定年退職したばかりの57歳のときに脳梗塞を発症、半身不随になってしまった。とても小柄だった母は、そんなおやじの介護を11年くらい続けた。母の大変な姿を目の当たりにした経験から、私がおやじと同じ病に倒れたら、節子にも同じような苦労をかけてしまう、と不安になった。

そして、もうひとつはおしゃれへの思い。このまま太ったら着たい服を着られなくなると思うと、なんとかしなければ、と焦った。「減量しないといけないいな……」と思ったが、まだフィットネスクラブもなく、ダイエットなどといった考えも一般的ではない時代。思いついたのは節食と運動くらいだった。

すぐにできるのは昼飯を減らすこと。昼食は勤務先の食堂でとっていたが、とりあえず近くの喫茶店で2枚のトーストと1杯のコーヒー、小さなサラダだけですませるようにした。そして昼休みの1時間を使ってランニングを始めたのである。ランニング、シャワー、食事を1時間ですまさなければならないのは、かなりタイトだった。昼のチャイムが鳴ると即、ランニングできるウエアに着替えて外に出る。

職場から北鎌倉駅まで、片道2・5キロほどの道のりを走った。しかし、入社以来、運動らしい運動をまったくしていなかったから、走り始めるとあっという間に息が上がってくる。タバコも吸っていたから、よけいである。足もパンパンに張ってくる。「これはまずいぞ」と、すぐに自分の無謀さを反省した。

500メートル走っては立ち止まり、塀や道端の石垣に手をついて腿裏《もも》の筋肉を伸ばしたり屈伸をしたりして再び走る……を繰り返した。すると体は正直なもので、徐々に運動負荷になじんでいった。走ったあとの爽快さもなんともいえず心地よかった。

最初は500メートルも走れなかったが、次第に700メートル、1000メートルと距離が伸びていった。運動するから汗はたっぷりかく。体重はひと月もしないうちに60キロを切って58キロくらいまで減っていた。

こうなると、毎日一度は運動してすっきりしたくなってくる。むしろ運動をしない日は体が重く感じるようにもなった。3カ月たったころには週に5日か6日は走るようになり、月間走行距離も200キロ近くまで増え、ランニングが欠かせない日課になっていったのである。

駅伝監督、チームは大躍進

半年ほどたったころ、同じ事業所に勤めるK先輩から「坂本、おまえ走っているんだって?」と声をかけられた。そして先輩は「年末に社内でやっている事業所対抗駅伝大会で陸上部の監督をやってくれないか?」と言うのだ。

私は「?・?・?」となった。

当時、東電では社員のスポーツや文化活動を奨励していた。ランニングに限らず、あらゆるスポーツも文化活動もかなり活発に行われていたのである。特に事業所対抗の駅伝大会は、それぞれの事業所の威信をかけて取り組む、いわばメイン行事だった。K先輩は事業所の陸上部で監督をしていたが、あいにく異動が決まり、指導ができなくなるから後任を私に、ということだった。まさに寝耳に水の話であり、返事を保留してその場は別れた。その後、上司である課長に、監督の話を打ち明けた。すると二つ返事で「やったらいいいんじゃないか?」と言う。

当時の私は大量の仕事が割り振られていたが、監督になれば練習や試走などで職場をあけなければならない日も出てくる。てっきりほかの人にやってもらえ、と言われるだろうと想像していただけに拍子抜けする思いだった。こうしてランニング経験の浅い私が、陸上部を率いて年末の駅伝大会をめざすことになったのである。これが、その後、人生を大きく変えていく発端になろうとは、本当に人生は予測ができない。

やがて駅伝大会に向けた練習を始める季節がきた。部員は事業所の管轄エリアにあるさまざまな部署からかき集められた即製陸上部。普段は本業の仕事があるから、いわゆる「なんちゃって部員」である。みな、職場の先輩や上司から「若いんだから行ってこい」的に送り出されてきた、いわば素人ばかり。高校や大学時代に何らかのスポーツを軽くやっていた、というくらいの経験しかない連中だ。

教えるほうも教えられるほうも素人同士の陸上部。とはいえ私には「やる以上は自分が納得するやり方で、徹底的にやり、やり遂げる」という気持ちがあった。たとえ素人集団であっても部員個々の能力を最大限に引き出すことができれば、必ず結果は出るはずだ、と変な確信を持っていた。

この集団を率いていくうえで厳守すべきことを3つ考えた。ひとつは徹底して長い時間走らせること。もうひとつはストレッチングを徹底してやらせること。そして5勤1休1完全休養を守ること。これを部員に徹底させた。

毎回の練習では必ず私も一緒に走った。私はすでに30歳を超えていて、彼らはみな20歳を過ぎたばかりのエネルギーに満ち満ちた連中。体力的にはとても太刀打ちできなかったが、一緒に走ることで大変さと達成感を共有することが必要、と実行したのだった。当時はまだ完全週休2日制ではなく隔週週休2日制だったので、休みの土曜の午後には普段できない長距離の練習をするなど、内容を工夫しながら彼らとのコミュニケーションづくりをしていった。

練習場所はほとんどが鎌倉の山の中。鎌倉アルプスといわれるハイキングコースで、あまり高くないが起伏はしっかりある。鶴岡八幡宮まで出れば、その先には七里ケ浜や稲村ケ崎などの海岸線もあり、距離、アンジュレーション（起伏や傾斜）ともに素人練習の域を超えた環境だった。

帰りは喫茶店に立ち寄り、雑談にふけったり、相談ごとを聞いたり。次第に彼らにとっての兄貴分的な立場になっていった。おなかがすいたときにはラーメンを食べさせたりしながら、チームとしての結束を強めていくことを心がけたのである。

そしていよいよ12月の大会本番。神奈川県内に21ある事業所を代表するチームが参集。会場には3000人を優に超える社員とその家族が、自分たちのチームを応援しようと集まっていた。わがチームの前年の成績は21チーム中19番目。まぎれもない弱小チームだったが、本番前の試走では、予定どおりの走りができれば19番目からは脱出できるはずだった。

結果は7位！　大躍進だが、これは私が想定していた範囲。監督初年度としてはまずまずと思ったが、ここまでの結果は期待されていなかったのだろう。私の監督就任を二つ返事で了解してくれた上司は、たいそう喜んでくれた。

初めての駅伝大会の経験で、長距離走は即製スポーツではない、ということをつくづく思い知った。基礎力の養成は365日する必要がある。長時間の訓練により筋力と持久力を高めておかなければスピードトレーニングには耐えられず、故障で終わってしまう、という結論に達したのである。1年間かけて訓練しなければ本物のレースはできない、と。

それからは部員を地方のロードレースに連れていったり、クロスカントリーレースに参加させたり、休日は自宅に部員たちを集めて近くの湘南平や大磯の海岸線を走らせたり、と文字どおりの部活状態にのめり込んでいった。

こうなってくると勢い家庭にも影響が出てきてしまう。高校駅伝や箱根駅伝を見ているると、監督やその奥さんまでが部員たちの世話をしている様子がテレビ番組などでも紹介されることがあるが、まさにその状態となった。練習のあとにはわが家でご飯を食べさせたり、風呂に入れさせたり。節子には部員たちの面倒で世話をかけることになったし、経済的な負担も半端ではなかった。

私の自宅は箱根駅伝の中継地点のすぐ近くにあったから、毎年正月には箱根駅伝を目当てに、年末の30日くらいから陸上部員やその家族、果ては彼女までが家に集まってくるようになったのだ。その結果、10組くらいの仲人も務めた。

節子は長野や伊豆、山梨、青梅など、練習を兼ねたレース参加にも、おにぎりや飲み物を準備して帯同し、若者たちの世話をすることが常態化していった。ガイドの仕事もしながらだったので、大変だったと思う。節子がすごいのは、亭主が好きなことばかりやっているのに、愚痴や不満をもらすことは一切なく徹底して支えてくれたところだ。

まずは自分たちの生活や人生を最優先に考え、周囲や世間とのつきあいはその次に、と考えてもおかしくないが、節子は私がやりたいと思っていることは何を差しおいても協力する、ということに徹底していた。節子の懐の深さ、私への愛情の深さ、ととらえている。

マラソンについては、節子自身も40歳くらいから走り始めた。毎日、家の周辺を走る私について家を出て走り始める。さっさと走っていく私に置いていかれながらも、節子はマイペースで練習を続けていた。国内のマラソン大会に3回、クロスカントリーレースに2回、ホノルルマラソンに2回出場している。

亭主が夢中になっていること、打ち込んでいることは、自分も体験したい、という思いの表れだったのだろうか……。

前代未聞の東海道駅伝

わが陸上部は努力の積み重ねにより、事業所対抗の駅伝大会で監督2年目には4位、3年目には3位、そして6年目にして初優勝を果たした。部員の走力もぐんぐん向上し、フルマラソンを2時間30分台で走るという、素人ランナーとしては出色の力を発揮するレベルへと上がっていった。その後、チームは常勝軍団になり、大会連覇を果たすほどに成長した。

ランニングにはまったく素人だった私も、強い選手を育てたい、故障をなくしたい、強いチームをつくりたい、といったランナー育成の核心に近づくための勉強を独学ながら続けていた。知らず知らずのうちに運動生理学や人体構造、障害予防、駅伝における戦略の立て方などに通じていった。こうして駅伝の監督で得た経験と知識はのちのち、マラソンの瀬古利彦氏や中山竹通氏といった日本を代表するトップアスリートとの交流にもつながっていく礎となった。


もうひとつ語っておかなければならないことがある。それは旧街道の駅伝による走破だ。

昭和60年、正月に仲間が集まる前のひととき、節子とふたりでコーヒーを飲みながらなんとなく話をしていた。「みんなが走れる何か楽しいことをやりたいな」と私が話を振ると、節子は「東海道を京都まで走れば？」とポツリと言った。なにげないひとことだったが、それがヒントになった。「東海道か！　よし、やってみよう」と、即座に具体的な内容を考え始めたのだ。

東海道五十三次を駅伝で走り継ぎ、京都三条大橋までリレーする。現代の道は車が多すぎてランナーが走るには危険だが、東海道のような旧道であれば交通量が少ない。しかも東海道には五十三の宿場があり、通行確認はその宿場の誰かにやってもらえばいい！　こんな発想で前代未聞の街道駅伝走を思いついたのである。

これなら、楽しみながら走力も鍛えられて旅もできる。一石何鳥にもなる！　構想ができると、結束力のあった陸上の仲間は話が早い。趣旨を話すと、みんな大乗り気。それからは毎週土日になると集まり、具体的な計画づくりに励んだ。私が企画趣旨、具体的なコース図、走行プラン、資金計画、日程などの骨子をつくる。その基本案に沿って部員たちが現地（実際に走るコース）に行き、手書きのコース地図をつくり、距離を測る作業をする。現地に赴いたときには、本番のタスキリレーをする宿場で記帳してくれる人への計画説明と予定スケジュールをお願いする。

ほかにもやることはいっぱいあったが、彼らにとっては日常とはまったく異なる世界との遭遇が新しい刺激となり、嬉々としてその準備に没頭することになった。イベントには資金が必須。総予算を試算し、参加メンバー各人に過大な負担がかからないような工夫もし、金額を決めてそれぞれ積み立てを行った。

翌年5月に「東海道駅伝」を敢行。本番ではタスキを持った正ランナーにひとりの伴走者がついて万が一に備える、というやり方をした。このスタイルを十数年後、『24時間テレビ』の中でそっくり生かすことができたのだから、じつにおもしろい。

東京・日本橋出発から5日目、京都三条大橋に到着したときは、地元のランニングクラブのメンバーら、たくさんの出迎えを受け、三条河原がときならぬ歓声に包まれたことを懐かしく思い出す。この旧街道を使った駅伝はその後、日本橋を起点とする旧五街道のすべてを走破する駅伝企画に発展し、参加者にとって街道の今昔図、歴史と街道の変遷などを深く学べる機会となった。

ひとつの発想が思いがけない新しい展開を生み、その展開が成果を生み、周囲に影響を及ぼす。これは物事を企画するときのひとつの典型的あり方として、その後、起業したときの原点となった。

東海道駅伝の模様はＮＨＫなどから取材を受けてニュース番組で紹介され、仲間みんなでテレビを見ながら大いに盛り上がったのも忘れられない思い出だ。
ランニングに出会い、仕事の一環ではあったが事業所対抗駅伝や東海道をはじめとする旧街道駅伝走の開催がきっかけで、「ことを催す」醍醐味と楽しみを知った。私は43歳になっていた。

間寛平さんとウルトラマラソン

ある日、吉本興業から一本の電話があった。縁もゆかりもない芸能界からの電話。いったい何だろう、といぶかしみながら電話に出ると、タレントの間寛平さんのマネジャーからだった。「寛平さんが東京から大阪まで走るにあたり、東海道を走るルートがわからないのでルート図を借りることはできないか？」という用件だった。かつて東海道駅伝でつくったコース地図のことだ。私は快諾してルート図を吉本興業に送った。

2カ月後、今度はテレビ番組制作会社のプロデューサーから電話があり、「東海道を走る寛平さんが湘南に差しかかるので応援に来てくれないか？」ということだった。私は前後のいきさつも状況もわからないまま、辻堂海岸で制作会社の人と合流した。

やがて、長く使い込んだような野球帽をかぶり、肌着のような白Tシャツにランニングパンツ、といういでたちの寛平さんがやってきた。6月の暑い日で、全身汗びっしょり。あいさつを交わしたが、話すこともさほどない。プロデューサーからは小田原まで一緒に走ってほしいというリクエストがあったので、並走した。「ここまで来るのに何か食べましたか？」と聞くと、「戸塚の果物屋で桃をひとつもらって食べた、あとは水だけ」と言う。60キロ近く走ってきてエネルギーになるものはまったく食べていない。ランナーの常識では考えられないことだった。

夕方、小田原に無事到着。大阪までの第1日目、寛平さんが走った距離は80キロ。流れで夕食に誘われた。食事をしながら話を聞くと、ある人から「走るときは水分補給だけで」と言われたのだという。

寛平さんには「20キロくらいまでなら水分だけでもなんとかなるが、30キロ以上となるとエネルギーになるものを補給しないと走れない。消化によいものであれば食べなければ持たない」と告げた。

「うどんやおかゆ、場合によっては糖質がある餅、あめ、チョコレート、消化できるならおにぎりも」と言うと、「食べてもいいんや?」という認識だった。

食後、「明日からも頑張ってください!」そう励まして、私たちは別れた。


数日後、再びプロデューサーから電話。どうしたのかと聞くと、寛平さんは箱根の山中で雨に降られて足がふやけてマメがいくつもできてしまったという。それをかばって走っていたら足の筋肉がつって動けなくなってしまったので、もう一度現場に来てもらうことはできないか、という相談だった。サラリーマンなので無理だ、と言うと「なんとかならないか?」と引かない。仕方がないのでありのままを上司に話すと、上司は「行けるなら行って協力してやれ」と言う。今考えると、ずいぶんさばけた上司だった。

新幹線で愛知県の知立に向かい、東海道沿いで待っていると寛平さんが到着。そこから大阪を一緒にめざすことになった。寛平さんのケアをしながら並走し、途中鈴鹿で1泊、2日目の深夜に無事、千日前にある「なんばグランド花月」にゴールできた。東京から大阪まで約560キロもの長い距離。きちんとした練習もせずに1日80キロ、7日間で走りきった寛平さんの非凡さには驚くとともに、とても感心させられた。

ゴール後、食事をしながら話していると、秋にギリシャで行われるスパルタスロンという246キロのレースに挑戦するという。その挑戦の様子を翌年の正月にドキュメンタリーとして放送するという話だった。私にはピンとこない長距離のレース。想像もできない世界の話だった。ところが、この席で「ギリシャに一緒に行って現地サポートをしてもらえないか」と依頼されたのだ。思いがけない話だし、サラリーマンである私が会社を休んでいくのは難しいのではないか……。どうしても必要というなら、テレビ局から勤務先の会社に協力依頼文書を出してもらえないか、と返してその日は別れた。

後日、実際にテレビ局から会社宛てに「正式依頼文書」が届き、「東京電力」の協力もとりつけることができ、ギリシャ9日間の旅に出ることになった。節子も一緒に連れていってくれる、というラッキーな成り行きだった。歴史好きの私たちにとって、歴史の宝庫・ギリシャへの旅は楽しみでしかなかった。ギリシャへは番組制作スタッフのほか、寛平さんの奥さん、寛平さんの親友でもある明石家さんまさんも同行した。

到着したアテネの空港は、香水と香辛料が入り交じったような独特な香りがした。初めて嗅ぐにおいに、異国に来ている、ということを実感させられた。宿泊はアテネの中心部シンタグマ広場に面して立つホテルグランドブルターニュ。日本でいえば帝国ホテルクラスの一流ホテルだった。用意された部屋も日本のホテルとは比べものにならないくらい広く、ベッドのしつらえもぜいたくだった。

私たち夫婦は番組ゲストのような立場だったから、ロケにからまないときはホテルの周辺を歩いて回るなど、比較的自由に気楽に過ごすことができた。

初めて経験する海外レース

レースの受付会場は、アテネ市内から車で20分ほど離れたところにある小さなホテルだった。受付をすませるとひと通りの説明があり、何人かの参加者から質問が飛んで説明会は終わった。参加者には、受付時にレースのコースと給水所の位置やその距離を示した資料が配られる。制作スタッフは、これを読みながら撮影の計画を立てなければならない。当然ながら、われわれには土地勘はないし、いったいどんな状況でレースが進んでいくのかもわからない。とにかくほかの参加者の動きを見ながら、手探りで寛平さんの奮闘を追っていくしかなかった。今から考えると、じつに無謀な撮影でありレース参加だったと思う。

１９９０年当時はまだ、日本国内ではウルトラマラソンというカテゴリーはなかった。ウルトラマラソンという競技は、フルマラソンの42・１９５キロを超える距離を走る長距離走。世界的な歴史を見ても競技としての認知度は低く、まさにマニアの世界のスポーツだった。なかでもスパルタスロンは２４６キロという気が遠くなるような距離を36時間以内で走破する、とても過酷なレース。参加者も四十数名ほどの、規模のとても小さな競技だった。

　朝6時、アテネ市内にある近代オリンピック競技場（パナシナイコスタジアム）の門前からレースはスタート。ランナーは決められたところでは給食やマッサージを受けられたので、私は先回りをして寛平さんを待ち、おかゆを準備し、足のアイシングや着替え、シューズの交換と、とても慌ただしいサポートをすることになった。勝手がわからず、初めのうちは右往左往しながらのサポートだった。寛平さんの奥さんと節子も、おかゆやスープを温めたり、果物を用意したりしていた。寛平さんの頑張りは素晴らしかったが、途中でリタイア。残念ながら完走はならなかった。

　このときの体験で得たのは、100キロ、200キロといった超長距離を走るランナーには、給水はもちろんエネルギー補給や体のケア、着替えの補助、果てはランナーを励まし、コースを誘導するためにアドバイスを送るなど、走りを支えるためのサポートが必要、ということだった。

帰国後、寛平さんは翌年の再チャレンジを決め、今度はそのための協力を要請された。番組制作会社から、東京に近いところで練習コースをつくれないか、と相談されたのだ。

東京近郊で景色がよく、100キロ以上の距離、適度のアップダウンがあるコース……。思いついたのが富士五湖だった。試しに車で山中湖から河口湖、本栖湖、精進湖、西湖の5つをめぐってみると、距離は117キロ。これなら制作方が欲しがっているすべての条件を満たせる。翌91年春、撮影を兼ねて富士五湖での練習を挙行した。

長い距離での練習は、寛平さん単独では飽きるだろうと考え、一緒に走ってくれる有志を募ったら11人が集まってくれた。私と寛平さんを含め総勢13人。大会やレースではないから制限時間などのルールはあまり厳格にせず、とにかく富士五湖の景色を楽しみながら全員が和気あいあいといった雰囲気で走った。

このときに走った富士五湖走は、翌年「チャレンジ富士五湖ウルトラマラソン」という名称を冠した大会として誕生。以来、32年後の今、参加者数4500名を超える国内最大の大会へと発展した。

寛平さんは、この年の秋、再度スパルタスロンに挑戦。見事、35時間台で初完走を果たした。もちろん、さんまさんや私たち夫婦も同行し、みんなで寛平さんの初完走をギリシャワインで盛大に祝ったのだった。

寛平さんのスパルタスロン挑戦は、2年にわたり正月番組で放映され、お笑いタレントとシリアスなアスリートとしてのギャップが世間にも広く知られることとなる。寛平さんはメジャータレントへの階段を駆け上がり始めていた。

そして在京テレビ局の目にも留まり、92年、『24時間テレビ』のチャリティーマラソンの初代ランナーに選ばれ、全国から脚光を浴びることになったのである。寛平さんのサポートについていた私にも、日本テレビのプロデューサー・大澤雅彦氏から連絡があり、寛平さんのサポート依頼があった。

寛平さん、ギリシャ・スパルタスロン、ウルトラマラソン、『24時間テレビ』。これらとのめぐり合いが、この後、私たち夫婦に大きな転機をもたらした。

節子50歳、私はまもなく45歳を迎えようとしていた。

第3章

起業、ふたりきりの挑戦

「ランナーサポート」という視点

1991年、ギリシャ・スパルタスロン完走の模様がテレビ朝日のドキュメンタリー番組で放映されると大きな反響を呼び、にわかに寛平さんは時の人となった。その勢いに乗り、92年には日本テレビのチャリティ番組『24時間テレビ』のチャリティーマラソンの初代ランナーとなった。「24時間マラソン」は生放送の時間内に新潟県の苗場から東京の日本武道館までの200キロを走る、という前代未聞の企画だった。

昨今では、タレントさんが走る距離は100キロ前後。寛平さんは、なんと倍の200キロ。24時間で200キロを走るのは、ウルトラマラソンを専門にやっている、いわゆるウルトラランナーにとっても簡単なことではない。その距離に挑戦したのだから、これはたいしたものである!

今でこそ『24時間テレビ』のチャリティーマラソンは番組の中軸に位置づけられているが、初めは数ある企画の中のひとつでしかなかった。

しかし、派手な演出もなく、黙々とゴールをめざして走る寛平さんの真摯《しんし》な姿は視聴者の心に響き、「もっと寛平さんの姿を映して！」というリクエストがテレビ局に殺到したそうである。炎天下でのランニングであったが、スパルタスロン仕込みの鉄人・寛平さんは順調にゴールをめざして走った。ところがゴールまであと47キロというあたりで、沿道に応援者が山のように群がり、寛平さんは走りたくても走れない状況に。結局、初めての「24時間マラソン」は時間切れで幕、ということになってしまった。

予想外に番組の視聴率はうなぎ上り。驚くほどの数字をたたき出し、「これはすごいぞ！」となった。テレビの世界とは無縁だった私は、番組の本番に駆り出されたものの、まさにお客さん状態。何をしていいのかわからない中、とりあえずは寛平さんの休憩地点に先回りし、給水、着替え、食事の準備、体の手入れ、アイシングなど、寛平さんの走りをサポートする側に徹した。

このサポート体験では、ランナーケアについて多くを考えさせられた。

体をケアするには何が必要か？　エネルギー補給にはどんなものがどれくらい必要か？　炎天下で事故なく走るには何に気をつけなければならないか？　な

ど。

今までは走る側としての見方・考え方でランニングをとらえてきたが、この経験でランナーをサポートする意味、サポートする際に重要なことなど、新しい視点で勉強ができたのだ。これは私にとって大きな収穫だった。

2回のスパルタスロン、『24時間テレビ』のチャリティーマラソンとのかかわりは「ランナーサポート」という新しいジャンルへと私の目を開かせてくれた。このころから市民ランニング愛好者は右肩上がりで増加。今後も増えていく傾向がはっきりしてきていたので、私は「全国のランニング愛好者のために何かできないか？」と具体的に考え始めたのである。

もともと私には陸上経験がなく、運動会などでも短距離は走れたが長距離は苦手だった。学校でも先生から指名されないよう逃げまくっていたくらいだった。それが、おやじのようにはなりたくない、太って着たい服が着られなくなるのはいやや、といったことがきっかけで、避けていた長距離走に自ら飛び込み、その世界で生きていくようになるとは……。

やってみようという気持ちがいったん固まると、あとは目標に向かって一心不乱というか、結果が出るまで徹底的にやる、そんな自分の単純な性格に気づいたのは、恥ずかしながらずっとあとになってからだった。

寛平さんのサポートをするようになり、ウルトラマラソンに取り組むときの給水やエネルギー補給の方法、体の手入れの仕方、ウエアやシューズの知識などを連鎖的に学んでいった。すべて独学だ。

運動生理学も、かかりつけの医師から人体構造と運動の関係などを示す内容の医学書を教わり、あさるように読みふけった。『グラント解剖学図譜』『骨格筋の形と触察法』『ザ・スポーツメディスン・ブック』『整形外科理学療法の理論と技術』などだった。長距離走のトレーニング方法に関する書籍も読み込んだ。そして本で得た知識を、自分と自分が監督するチームの部員たちに実践し、効果を確かめた。

また、通っていた鍼灸《しんきゅう》治療院の先生でスポーツトレーナーのS先生に、ランナーのケアについてさまざまなことを聞きまくった。なぜ筋肉がかたくなるのか？　どうすれば筋肉の疲労はとれるのか？　アイシングはどのタイミングでどれくらいするのが効果的か？　ランニングによって体はどうなるのか？　どこをどう鍛えれば故障しにくくなるのか？

治療院には大学駅伝をめざすランナーなどが治療を受けに来ていたから、そのつてで大学の監督やコーチに会わせてもらい、ランニングに関する現場指導のやり方なども聞きに行った。私自身の治療も30年近くにおよび、長きにわたって実践的なマッサージの手技や応急処置の方法などを教えてもらえたのは、大きな財産となった。

また「習うより慣れろ」の言葉どおり、その後、タレントやトップアスリート、スパルタスロンのような超長距離をめざすランナーたちのレース現場における筋肉の手入れや調整を数多く経験し、自身の習熟度を高めていくことができた。

人をサポートすることの意味

ウルトラマラソンのサポートを数多く経験していく中で、最も大きかったのは

「人をサポートすることの意味・意義・方法」を学んだことだ。そして、人も社会も政治も経済も、あらゆる物事において、最も必要で大切なのは「支え合いであり、人を慈しむ心である」ということに気づいた。

よく人間はひとりでは生きられず、多くの人の支えによって生きられる、といわれる。しかし人間というものは不遜な生き物で、理屈ではわかっていながらも実生活では忘れてしまうことも多い。年を重ね、社会経験も長くなり、ある程度の地位を得始めると〝自分は何でもできる〟とか〝こんなに経験を積んでいるんだから何でもわかっている〟というように独善的になり、やがてそれが慢心や傲《ごう》慢《まん》さを生むことが往々にしてある。

人より秀でた結果を残した人が人としてすぐれているか、といえば決してそうではない。人間にとっての普遍的テーマは「謙虚さを身につける」こと、という考えに行き着いたのだ。人（ランナーを含め）をサポートする原点は「謙虚さを身につける」こと。これこそが真の伴走者（サポーター）に必要なのだ、と。寛平さんのサポート経験もそれを気づかせてくれたが、一番の先生は妻の節子だった。

節子は人の話を聞くことが上手だった。相手と向き合い、何も言わずに話を聞いた。相手は聞いてもらうだけで安心できるような、そんな聞き方だった。そして、乞われれば自分の考えを口にしたが、愛のあるやさしくあたたかい言葉のかけ方だった。

もちろん私に対しても、だ。私のすべてを受け入れて、やさしく包んでくれた。10代の子どもだったころからの私を理解し、励まし、ときに叱り、ときに助言し、ともに泣き、ともに喜んでくれた節子。謙虚に相手に向き合い、すべてを受け入れ、愛を持ってサポートしてくれた。

常に慈愛に満ちあふれた節子の姿勢、生き方から、私ははかり知れない影響を受けた。

ランナーを支えるためには、サポーター自身に人間力が備わっていなければならない。走るための知識や技術は必要だがそれ以上に、

・人としてどうあるべきか？

・その人にとっては何が必要か？

・そのために何をなすべきか？

ということを常に考えていかなければならない。

サポートに当たる人は、常にランナーのすべてを受け入れて吸収する海辺の砂のような存在、色のついていない白紙のような存在になることが、信頼されるための必須条件、と悟ったのである。

45歳からの人生を再構築

『24時間テレビ』の反響は大きく、放送後は私にも雑誌などの取材が入り始めた。私は45歳を前にして、将来を考えるようになった。このまま東京電力に勤め続ければ順調に出世もするだろうし、定年後は退職金や企業年金で夫婦ふたり十分に暮らしていけるのはわかっていた。だが、自分の人生はサラリーマン以外にあるのでは、と考えるようになったのだ。

マラソンを始めて15年、マラソンを通じて人づくりを学ばせてもらった。ランニングで何か社会に貢献する仕事ができるのではないか。体力的にも気力的にも、今なら60歳までの15年間、頑張れる、これからの15年にかけてみよう！　そんな気概だった。

とはいえ具体的なビジョンはなかったし、私より前に会社を辞めて起業し成功した人はいなかった。それでも節子は「やりたいことをやったらいいじゃない。貧乏になりたくないから、とか、食べるためだけに働く、というのはやめてね」と背中を押してくれた。

結婚前、節子はいつも言っていた。「夢を持たない人はいや！」「目的のために夢中になる雄次が好き！」「そのためには何でも協力する！」

結婚後25年近くたっていたが、節子の信念は変わっていなかった。

ふたりきりでの起業

東京電力を辞めた私は、ランニングで社会に貢献する事業を始めようと考えた。当時、全国各地で数多くの市民マラソン大会が行われていたが、そのほとんどが地元の自治体が主催するものだった。大会の内容を考えるのは、市や県の教育委員会や地元の陸上競技協会、そして役所の企画課などだった。マラソン大会の企画や開催のプロデュースをする事業はほとんどなかった。

起業にあたり、これまで雑誌に寄稿する側としてつきあっていた、ランニング専門誌を発行する会社の社長と編集長にも、事業展開について相談に行った。彼らの会社はランニング大会の運営も手がけていたので、競合は避けたかった。彼らからのアドバイスは、まだ国内ではあまり開催されていないウルトラマラソンのプロデュースを手がけてみては、というものだった。そして、私たちの起業に快く賛意と応援の意を示してくれた。

「起業」とは私の中では、世の中にまったく前例のない事業を起こすことだと思っている。

93年、私が起業するときに考えた「起業理念」がある。その要旨は、

一　ランニングを通じて地域活動の活発化を図ること。

二　ランニングスポーツの持つ特性を普及・啓蒙し、その効用を生かして健康の

三　長距離走を愛好する人たちの人間性の向上に資する活動を展開すること。
涵養《かんよう》を図ること。

「高邁《こうまい》な理念を掲げたもんだ……」とも思う。まだ若く、未熟さゆえの起業理念だったが、それでも、その後三十余年、さまざまな形で取り組んだ事業活動において、この理念は軸ぶれすることなく完走できたのではないか、と思っている。

93年7月14日、株式会社ランナーズ・ウェルネスの法人登記を完了した。社長の私と副社長の節子、ふたりだけの会社だ。社名については、さんざん考えた。ランニングやスポーツ愛好者なら、必ず一度や二度は経験したことがあるだろうし、経験はなくても、全力で走ったあとに、競技場のフィールドなどに倒れ込むアスリートを見たことはあるだろう。アスリートが全力を出しきったあとに得られる〝やりきった感や達成感〟その瞬間に味わう「至福感」が「ウェルネス」。スポーツ（ランニング）を通じて味わうウェルネスという意味から、社名をランナーズ・ウェルネス（ランナーたちに至福を提供する）としたのである。

シンボルマークはギリシャ神話からとって〝ケンタウルス〟にした。神話上は友人の妻を奪ってしまうような神なのだが、走る速さは疾風のごとく、だそうで〝走り〟にはこれでもいいかな、と思ったのだ。

まったくあてのない起業、ここからがふたりの奮闘のスタートだった。まずは営業活動から始めた。といっても何の手がかりもない。とにかく私がやろうとしている事業（新規マラソン大会の開催、プロデュース）の内容を、相手（企業）に知ってもらうための企画書づくりから始めた。

企画書づくりには、世の中の動向や社会情勢、政治動向などの知識が必要だ。インターネットなどの情報収集ツールのない時代、活字情報に頼るしかなく、３大新聞、経済新聞、日経ＭＪ（流通新聞）を徹底的に読み込んだ。あとは東京に営業に行くときの東海道線車内にある中吊り広告、テレビのニュースだけが情報のすべてだった。

そして片っ端から企業回りをした。ターゲットはスポーツメーカーや栄養補助食品を扱うメーカー。いずれも新製品を発売するときには大々的な宣伝活動や販売促進活動を展開するから、自分たちが開催しようとしている大会に協賛してもらおう、という魂胆だ。市場としては市民ランニングがムーブメントを起こし始めていたから、タイミングがうまく合致すれば、協賛についてくれるメーカーもあった。

とにかく起業してからの7〜8年は、こういった企業協賛の獲得活動と新規開催の大会づくりに没頭したのである。

毎朝9時過ぎには大磯から都内に向けて出かけ、営業活動を終えて事務所に戻ってくるのは夜の9時か10時ごろ。それから事務所で待っていた節子と合流し、留守中の出来事を聞きながら遅い夕食をとる。ひと息ついたらシャワーを浴びるか風呂に入り、それからまた翌日の企画書づくり。最初の4年間は自宅に戻って休むことはなく、事務所の2階に寝泊まりして過ごすほどだった。いつかはしっかりした会社にしよう……という一念だけが、ふたりのモチベーションだった。

月15万円の一軒家から

最初に構えた事務所は大磯駅から歩いて10分くらいのところにある一軒家。家賃は月15万円ほどだった。大家さんが「使い方も改造も自由にして使ってくれ」と好意的だったので、１階の畳部屋はすべて板張りの床に改造。30坪ほどの庭があり、半分のスペースにはベランダをつくり、屋外でも打ち合わせができるように庭園テーブルと椅子を置いてみた。１階の奥の４畳くらいの空きスペースも改造して、事務用品の収納棚をつくって倉庫代わりにした。

仕事用のテーブルと椅子は、勤めていた東京電力の事業所に行き、廃棄処分する予定の業務用机を４台、回転椅子４脚をタダでもらい受けてきた。書類用のキャビネットやコピー機も事務機器専門の中古品店で入手。こんな形での出発だった。

51歳だった節子は、「必要よね」と言って運転免許を取得してくれた。試験は一発合格！　もともと運動神経はそれほどよくないと思っていたから、よくとったなあと思う。取得後は金融機関や大会会場などに自分で運転して出かけていった。

当初「ランナーズ・ウェルネス」社が手がけていたのは、「チャレンジ富士五湖ウルトラマラソン」。寛平さんのサポートがきっかけで縁ができた富士吉田市での開催だった。

大会の開催には多くのボランティアスタッフが必要になる。ランナーのための給水所運営やランナーの先導、記録採取、救護スタッフ、用品・用具運搬、交差点での誘導員などで400〜500人くらいの協力がないと運営できない。公道を使うので警察の許可は必須条件。そのほか地元自治体や教育委員会、医療機関などの協力も必要だ。その根回しと許可どりを行わなければならない。

会社の立ち上げ後は、大会開催の準備もたったふたりでやらなければならず、寝るひまもなかった。大会告知の広告すら満足に打つことができず、節子とふたりで大会のチラシをかかえて各地の大会会場に出かけ、会場に立ってのチラシ配りもずいぶんやった。

会社発足当時の売り上げは、私たちがプロデュースするマラソン大会の参加料金と『24時間テレビ』の制作協力費のみ。会社の経理（というよりは家計に近かったのだが）を担当していたのは節子。売り上げの管理や資金繰りの一切を節子がやってくれていた。

特に印象に残っているのは大会参加料金のこと。当時の支払い方法は郵便振替と現金書留のみだった。毎日、郵便で届く振替票や書留を受け取るのは節子。私が営業を終えて帰ると「今日は何人来たわよ！」と、真っ先にその数を伝えてくれた。参加料の多寡に一喜一憂する毎日が続いたものである。

私が出かけている間、節子は事務所で参加者を集めるための大会パンフレットや参加者案内の封入に没頭した。１０００人に送って何人応募者がいるか、という状況だったから、１大会のダイレクトメールは４０００枚、５０００枚といった数に上っていた。

くる日もくる日も紙を折り、封入を繰り返すから、もみじのように小さくやわらかかった節子の手のひらは日増しにかたく荒れていった。ときおり節子の手のひらを触ると闘いの跡が見てとれ、「頑張ってくれている……すまないなあ……」と胸が痛んだ。それでも節子の表情は生き生きとして明るく、愚痴や不安を口にすることは一切なかった。

事業を運営するために先立つものは、やはり金。起業して4〜5年は、特に資金繰りが大変だった。25年間務めた東京電力の退職金1600万円は瞬く間になくなってしまった。売り上げではとても事業資金を賄うことはできなかったから、銀行からの融資を受けなければ会社が回らず、地元の信用金庫や金融機関に何度も融資の申し込みに行った。もちろん保証人は私自身である。

幸いなことに私たちが想定した事業計画の内容が時代を先取りしたものであったので、金融機関の店長や担当者はよく理解してくれた。融資の申し込みのつど承諾してくれたことはずいぶんありがたかった。

経理関係に私はノータッチで、節子が一手に引き受けてくれた。節子の資金繰りと会計処理の手腕はじつに素晴らしく、借入金の返済は一切滞ることはなかった。税理会計事務所の先生も舌を巻くくらい、間違いのない経理処理をやってくれていた。

会社の経理業務には専門の会計ソフトの利用が一般的だが、節子はこれらのフォームをほとんど使うことなく、誤りのない会計処理ができていた。会計事務所の先生が「副社長（節子）は会計の本質を理解できているから、帳簿整理ができるんです」と言うほど。これまで経験したことのない仕事を次々と引き受け、完璧にやってくれた節子の能力にはただただ驚くばかりだ。ガイド時代も常に勉強を欠かさず、探求心も知識欲も人一倍あった節子。たいした人である。

大会開催の準備もふたりで

95年9月、わが社2つ目の新規大会が立ち上がった。会場は長野県八ヶ岳南麓にある野辺山高原。標高1300メートルに位置する高原野菜の産地だ。

この地の魅力は、なんといっても八ヶ岳の麓に広がる景観と澄んだ空気。八ヶ岳から小海町、南北相木村から川上村をぐるりと回る100キロのコースは激しい起伏に富んでいるが、克服することで得られる達成感は格別のものがある。ウルトラマラソンランナーにとって走りごたえのある、国内屈指のコースになるのは間違いない。初めてこの地を訪れたときに、そう確信した。

ところが地元の人たちはマラソンへの関心がなく、まずスポーツに対する理解を得ることから始める必要があった。窓口になってくれた産業振興課の課長さんが最大の理解者だった。「野菜づくりだけでなく野辺山を広く全国に知ってもらいたい」と考えていたので、全国規模の大会は地元を宣伝するよい機会、ととらえてくれたのだ。

大会開催のために、私と節子は南牧村で開かれた実行委員会に出向き、大会の詳細説明を行った。実行委員の人たちにとってウルトラマラソン開催は雲をつかむような話で、理解してもらうまで何度も野辺山に出向いて説明を繰り返し、ようやく開催にこぎ着けた。

いざ募集をかけたところ新設の大会だったこともあり、いきなり2500人を超える参加者が集まった。これには地元の人たちも驚き、「この村に全国から2500人も来る！」という、ちょっとしたカルチャーショックを受けたようだった。とにかく大会を成功させなければ、という空気が生まれ、大会にかかわる地元の人たちに一体感をもたらした。

今ではコンスタントに参加者3500人を超える、国内有数の大会に成長している。

会社の起業、大会の立ち上げ、営業活動の企画づくりなど、私が手がけるあらゆる事業は、節子と相談しながらひとつひとつ進めていった。新しい事業の構築と営業活動は私が中心になり、仕事を進める際の関係者へのあいさつやお礼など接遇関係は節子が一手に引き受けてくれた。気配りと気遣いに並外れてすぐれていた節子は、私が気づかないところで素晴らしい働きをしてくれていたので本当にありがたかった！

迷ったときの相談や大会などでの現地対応も、ほとんどふたり一緒、まさに二人三脚を地でいっていた時期だった。

新しい大会を起こそうと相談すると、節子はいつも「雄ちゃんが考えていることと、素敵だと思うわ！」と、目を輝かせて賛意の言葉をかけてくれた。節子の応援を受けて、私も自信を持って進めることができた。

こんなこともあった。私が詐欺師まがいの人物に利用されかけたことがあった。その詐欺師の術中にはまりかけていたとき、節子は「雄ちゃん、その人をよく観察しなくてはダメよ！　言うことをうのみにしないで！」と注意を促してくれたのだ。

その人物は後日、別件で逮捕される事態に。まったく面識がなかったにもかかわらず、節子は私から聞いた話だけで「危険人物」と看破していたのである！ 節子の洞察力の鋭さに感心し、この出来事で私は安易に人を信用することの危うさも教えてもらった。

思い出の土地、丹後での大会

ウルトラマラソンを自分たちの事業の中核にしようと考えたとき、やみくもに新規大会をつくることはせず、念頭に置いたのは参加者の利便性と経費負担をできるだけ抑えることだった。

北海道、東北、関東、北陸、中部、近畿、中国、四国、九州の9つの地域にひとつずつ大会をつくる、という発想だった。そして、既存大会がある地域以外で立ち上げる、というのも基本だった。

近畿エリアでの新規大会の候補地は京都・丹後。

2001年9月、私たちにとって思い出深い土地、丹後でもウルトラマラソンの大会を開催することになった。私たちの運命を決めた日から34年の時が流れていた。この土地で自分たちがマラソン大会を行う日がくるとは……。

言葉にはしなかったが、節子にしてみれば丹後での大会開催は、私以上に感慨深いものがあったと思う。丹後には、節子が丹海時代に一緒にガイドをしていた同僚や後輩が何人か住んでいた。観光協会の会長はバスガイド時代の上司、A先生の弟だった。この地に、自分の夫が地元のための地域振興策を掲げてやってくる日がくるとは、思いもよらないことだったろうし、誇らしくもあっただろう。

このころになると立ち上げる新規事業もテレビの仕事も順調に進み、事業が軌道に乗ってきている実感があった。２００５年には会社の拠点を大磯町内に移転。その2年後には、私たち夫婦のほか、男女13人ほどの社員が在籍するまでになっていた。

とはいえ台所はずっと火の車で、節子は常に資金繰りのために走り回っていた。それでも『24時間テレビ』の影響や、各地で開催するマラソン大会での大企業のかたがたとのつきあいなどを通して会社の認知度は徐々に高まっていった。

「湘南国際マラソン」の誕生

２００７年、会社が大きく変容する機会が到来する。神奈川県初となるフルマラソン、「湘南国際マラソン」の誕生だ。

茅ケ崎で生まれた私には、ひとつの夢があった。

30歳でランニングを始めたころ、地元・花水川のサイクリングロードを走りながら「いつか湘南の海岸線でマラソン大会ができるといいなあ……」と漠然と思っていた。もちろん、このときは具体的な計画も構想もまったくなかったが、起業から十数年たち、湘南海岸でのフルマラソンは夢ではなくなっていた。

２００５年、夏のある日曜日の午後、いつものように熱い日ざしの中、湘南平の山の中を走り終え、高麗神社のところを下ると、参道をこちらに歩いてくる人に出会った。衆議院議員の河野太郎さんだった。河野さんとは床屋が一緒で顔見知りであったので、あいさつを交わし、思いきって声をかけた。

「じつは湘南海岸でマラソンをやりたいと思っているのですが、どう思いますか？」

と投げかけてみたのだ。すると彼の口から「いいですねえ！」という賛意の言葉が出てきた。「具体的に考えてみたらお力添えいただけますか？」と問うと、「考えてみてよ」と言うのだった。

そのころ河野さんは、神奈川県の陸上競技協会の会長職にも就いていた。「よし、できるぞ！」と私の中では確信が芽生え、具体的な企画案を早急につくるべく、まずコースを考えた。メイン会場は江の島島内。ランナーは江の島桟橋に並び、スタート。鎌倉から逗子海岸をめざし、葉山入口の渚橋で折り返す……。景観、走りやすさ、湘南の魅力をたっぷり味わえるコースだ。

湘南ブランドの人気の高さを考えると、国内屈指のマラソン大会になることは間違いない。ホノルルマラソンに匹敵する大人気の大会になることは目に見えていた。

大会イメージが出来上がると、実現に向けて動き出した。警察の道路許可を得なければならず、沿線にいくつもある漁業協同組合や商業者の了解もとらなくてはならない。なによりも大会の開催要件を満たすためには藤沢、鎌倉、茅ケ崎、平塚といった湘南海岸沿線の各行政機関の了解も必要だ。これら関係機関を含めた実行委員会も構成しなくてはならない。

膨大な各種調整と金策、制作物発注作業や広報活動、スポンサー探しなど、これまで手がけてきた大会とは比べものにならないくらいの準備作業が要求された。本来なら大手の広告代理店を巻き込んでプロジェクトを組むくらいのことを、弱小無名の会社がやろう、というのだから大きな挑戦でもあった。

過去、この湘南海岸でマラソンをやろう、という話はいくつもあったらしいが実現には至っていなかった。まずは警察に相談に行かなければならない。私は神奈川県警察本部に乗り込んだ。当たって砕けろくらいの勢いで、だ。応対に出てきた警察官は私が用件を話し出す前に、いきなり黄色い本を差し出してきた。「坂本さん、私はあなたのファンです。この本にサインをいただけますか?」と言う。

「あっ、これは間違いなく実現できる」と即座に思った。差し出されたのは『24時間テレビ』を題材にした私の処女出版本だったからだ。もちろん私はサインをさせてもらい、話の本題を切り出した。結果、総論賛成、各論は一緒に詰めていきましょう、ということに。最難関だと思っていた警察の許可が真っ先に決まってしまったのだから幸運だった！

その後は漁業協同組合やサーフショップなどとの理解と協力をとりつけることに苦労しながらも、何度も調整を重ね、日々、東奔西走しながらなんとか開催までたどり着くことができた。

湘南国際マラソンは全国初の民間立ち上げの大規模マラソンであり、開催資金も公金を一切使わない稀有《けう》な市民マラソン大会だった。だが参加料だけでは開催資金が足らず、大会の立ち上げから4回目までは毎年、銀行から２０００万円の融資を受けながらの開催だった。こんな市民マラソン大会は日本国内には皆無である。

私が思い描いたコースではなかったが、江の島から茅ケ崎、平塚を使った湘南らしいコースづくりができ、十分な形での第１回開催を迎えた。北は北海道、南は九州・沖縄まで全国から１万１０００人のランナーが参加する大会となった。

２００７年3月18日、スタート地点は新江ノ島水族館前。大会会長を引き受けてくれた河野太郎さんがスタート台に上がってあいさつし、スタートの号砲を放った。早春の湘南海岸はランナーたちで華やかに埋め尽くされた。

快晴に恵まれ抜けるような青空がとてもまぶしく、目頭が熱くなった。そしてなにより嬉しかったのは、「本当によかったわね!」と、ともに喜んでくれた節子の笑顔だった。

『24時間テレビ』の32年

92年から始まった『24時間テレビ』のチャリティーマラソン。あれから32年もの歳月が流れた。これまで何人のランナーをサポートしてきたのだろう……。その数も定かではない。

真夏の炎天下、ランニングには素人のタレントさんが100キロ近い距離を走るのだから、もとより過酷で無謀な企画ではある。寛平さんの場合はタレント離れした資質と体力を持っていたからなんとかなったが、彼以外はまったく比較にならないレベルのかたたちばかりだった。寛平さん以降、日本テレビからサポート依頼を受けたときは、果たしてどうなのか、という思いも少なからずあった。しかし、当時は脱サラしてこれからすべてをつくり上げていかなければならない、という状況にあり、精いっぱいの協力をしてマラソンを成功させよう、という気概で取り組むしかなかった。

ランナーの選定はテレビ局が行っている。本人と所属事務所の了解をとったのち、医師によるメディカルチェックを受け、健康上の問題がないことを確認して初めて決定するのだ。私は決定後、ランナーに会い、本人の体形や身長・体重、足のサイズ、ケガなどの故障履歴を聞きとり、決められた練習期間用のトレーニングメニューをつくる。

トレーニングは一緒に歩くことから始まる。普通の歩行とは違い、歩幅、腕の振り方、目線の持ち方、歩速まで、しっかりとした歩きが必要だ。おおむね1時間くらい歩いたら、徐々に早歩きに切り替える。歩速を上げていき、歩くことが苦しい速度になってくると、そこからジョギングに切り替える。すると一気に動きがラクになるのだ。

ジョギングの速度だから1キロ7～8分くらいである。普通歩きから早歩き、ジョギング、ランニングと、順を追って走り方をマスターさせていくのだ。素人にはわかりやすく、ランニングを体得できるパフォーマンスだ。これが導入部。

例年、準備期間は2〜3カ月しかないから本格的なランナーをつくる、といったことはできない。短い期間なりにも、

1. 走るとはどういうことか？（正しい動き）
2. 走るには体のどの部分を使うのか？（どこを一番使うか？）
3. 走ると体がどうなるか？（運動による変化）
4. 自分の体を理解する（弱点と長所）
5. 気持ちとモチベーションをどう保つか？（走る意味と精神的バランス）
6. 本番までの食事・睡眠のとり方
7. 疲労回復方法

を伝えていくことに尽くした。そして、信頼関係の構築も重要な項目だった。

私が『24時間テレビ』に長くかかわり続けたのには、もうひとつ大きな理由がある。普段ランニングに興味がない人たちに、ランニングが持つ効用と魅力を

知ってもらいたかったのだ。健康維持の方法として、ジョギングやランニングがはやり出したのは昭和50年（１９７５年）ごろ。それまでは長距離走といえば、テレビで中継される駅伝かマラソン、あとは競技場のトラックを走る１万メートルや５０００メートルくらいだった。

ようやく「見るスポーツ」から「やるスポーツ」へと変化したものの、まだジョギングやランニングは限られた愛好者のものでしかなかった。私は『24時間テレビ』でタレントランナーが走る姿を視聴者に見てもらい、ランニング普及の一助になればと思ったのだ。

『24時間テレビ』の仕事は、私にとって毎年、夏の定番となっていった。節子は『24時間テレビ』とのかかわりの中でも、私が仕事をしやすいように彼女らしい気遣いと心配りを欠かさなかった。

毎年、練習期間中、炎天下の気候に慣れるためと長時間の走りを体験することを目的に、大磯で合宿を行っていた。本番に向けてランナーとサポーター、制作スタッフが一枚岩になる、というもうひとつの目的を果たすうえでも合宿は意味あるものだった。合宿が終わると会社の庭で大バーベキューをやって打ち上げた。食材調達や着替え・休憩場所の準備などは、節子が陣頭に立ち仕切ってくれた。

また、本番時には毎年スタート地点まで趣き、果物と太巻きを差し入れるのが常だった。撮影現場では〝ロケ弁〟なるものも用意されるのだが、いつしか節子からの〝差し入れ太巻き〟が、スタッフの「これを食べて気合を入れる！」定番になった。番組内では私がチームの父親（おやじ）、節子が母親（おふくろ）のような、位置づけになっていた。

亡き娘と重なるランナー

2002年のランナーは西村知美さんだった。彼女は当時31歳、私たちの一人娘・環と同じ年の生まれだった。

知美ちゃんとの出会いは、「環が生きていればこんな年になっていたんだなあ……」という感慨をもたらした。練習をしている最中、環のことを知美ちゃんに話したことがあった。

「娘が生きていれば、知美ちゃんと同じくらいの年齢だったんだよ……」と。

それだけに、これまでのランナーにはなかった態度をとってしまった。本番スタートから5〜6時間たったころ、彼女の走るペースがとても上がってしまったのだ。このままでは早くつぶれてしまう。並走していた私は思わず、「こんなペースで走っていたらゴールなんてできないぞ！　もっとペースを落とせ！」と厳しく叱ってしまったのだ。『24時間テレビ』で初めてのことである。

その夜は気温も真夏としては低めで夜風もあり、とても走りやすい状況。知美ちゃんは、まだどこにもダメージが出ておらず、むしろ高揚感もあって気持ちよく走っていたのだろう。そんなときに私から叱責を受け、驚いたと思う。

次の休憩ポイントで、知美ちゃんは涙をポロポロと流して泣きじゃくっていた。私としては娘みたいに思う気持ちが心のどこかにあり、「なんとしてもゴールさせたい！」という思いが勝っての叱責だった。

当時、結婚していた彼女にはまだ子どもがいなかった。そのことも事前に聞いていたので、練習期間中、何度か受けた鍼灸治療のときに妊娠しやすくなるような施術をしてもらった。もちろん、練習期間中は食事や睡眠を含め規則正しい生活を促してもいたので、体のコンディションはよくなっていたと思う。

『24時間テレビ』の本番が終わった11月、彼女は子どもを授かったのである！西村家にとっても貴重な一粒種となった。その子も今は成人し、立派な娘さんに成長している。

知美ちゃん家族とはその後もずっと交流が続いている。年に1～2回だが、節子も私も娘さんに会えるのが楽しみで、その成長を見るのも嬉しく幸せなひとときを過ごさせてもらっていた。毎年、5月になると知美ちゃんからは「母の日」の花が贈られてきていた。知美ちゃんのやさしさにふれるたびに、環のことを思い出す私たちだった。

「愛ちゃん」との出会い

私の体にはいくつかの故障がある。ひとつは腰椎で、8本のボルトと3本のシャフトが入っている。19歳のとき、仕事場で2メートルくらいの高さから落下したのが原因だ。この後、腰痛が断続的に現れ、生涯悩まされることになった。腰椎自体の配列バランスが崩れ（腰椎変性側弯症）、二度の腰椎矯正手術を受けることにもなった。

もうひとつの故障は左股関節だ。こちらは臼蓋《きゅうがい》形成不全といって大腿骨《だいたいこつ》（太腿の骨）と骨盤のつなぎ（関節）のところの軟骨がすり減ってしまう障害だ。長年、何千キロもの長い距離を走り続けていると、正しい骨格であれば起こらないはずの故障（障害）が出てきてしまうものである。２００９年ごろに、この障害は現れた。改善には手術が必要と診断され、左股関節を人工関節に置き換える手術を受けた。腰の手術のときもそうだったのだが、入院中、節子は病院近くのホテルに泊まり込み、毎日病室に通ってきてくれた。

２０１０年は5月に手術を受け、医者から半年間は走ることを禁止されたので、この年の『24時間テレビ』では、ランナーであるはるな愛ちゃんの伴走はできなかった。愛ちゃんはランニングとはまったく縁のない生き方をしてきていたから、私が一緒に走れないのは不安でいっぱいだろうと想像した。本番では、休憩所で必ず対面して体の手入れをし、状態を聞き、アドバイスを欠かさないように務めた。

この年も日中の気温は高く、ランナーは汗みどろ。〝メイク命〟の愛ちゃんだから、休憩のたびにメイク直しが欠かせない。初めのうちは汗で流れてしまった化粧を一生懸命に直していたが、やがて諦めたのか化粧直しは断念。スタートしたときに頭に飾っていたピンクの大きな水玉模様のリボンも、最後はほったらかし。ゴールまで残り3キロを切った皇居脇のお濠《ほり》沿いを走るころには、メイクもすっかり落ちきって、すっぴん状態に。だが、85キロもの長い距離を頑張りきった愛ちゃんの表情は輝いていた!

道中ずっと応援に徹していた私だったが、医者から言われた「走り厳禁」をすっかり忘れ、ゴール前は一緒に並んで走り、武道館へと送り込んでいた。

愛ちゃんとの交流は、その後ずっと続き、折にふれて節子と私に会いに来てくれていた。来れば一緒にご飯を作り、冗談を飛ばし合う。節子のことも母親のように接してくれて、愛ちゃんはわれわれにとって癒やしの存在になった。この１月、節子が入院してからも見舞って励ましてくれたり、私の体の心配もしてくれたりした……。今もときおり様子を見に来てくれる。

最高齢70歳のランナー

もうひとり、強く印象に残っているランナーがいる。徳光和夫さんだ。徳光さんは『24時間テレビ』が始まった１９７８年から今日まで、すべての回に出演し、「ミスター24時間テレビ」とも呼ばれている。

その徳光さんがチャリティーマラソンのランナーとして走ったのは、はるな愛ちゃんの翌年、２０１１年だった。徳光さんは当時70歳。番組史上最高齢のランナー。60歳のときに急性心筋梗塞で生死の境をさまよった経験がある。しかも肥満体形。走ってもらうにはサポーターとしても細心の注意が必要だった。

練習期間は３カ月。徳光さんには心拍数と血圧を測定する機器をつけてもらい、常に確認しながらトレーニングを重ねた。これまでで最も慎重に丁寧に接したランナーでもあった。

徳光さんは恒例の大磯合宿にも参加。ご自宅が大磯から近かったので通いだったが、3日間、炎天下での練習を重ねた。最終日、今日は終わったらバーベキューパーティだ、という日にハプニングが起こった。徳光さんが高温による脱水症状で倒れてしまい、病院に運んだのだ。幸い症状は軽くて回復したが、食事や休憩の世話をしていた節子もずいぶん心配していた。


本番当日は、前年の愛ちゃんのときとは違って私も走れるようになっていたので、可能な限り伴走した。70歳の徳光さんは、本当に頑張った。「70歳だから70キロ走りたい」と言っていたが距離は63・2キロ。完走できたのだからすごい！武道館で迎える観客の声もひときわあたたかかったように思う。

走り終えて「千里の道も一歩から。ずぼらな私でも走れたのだから、誰でもできます！」とコメントした徳光さんに、元気をもらった人も多かったのではないだろうか。後日、「辛い練習から戻ってくると、節子さんが笑顔で迎えてくれたから頑張れた」と言っていただいたのが嬉しかった。

『24時間テレビ』のチャリティーマラソンのサポートをきっかけに、徳光さんとはより親しくなり、徳さん主催のゴルフコンペに参加したり、ご自宅に伺ったこともある。徳さんがよく行くというご自宅近くのそば屋で、一緒に冷たいそばを食べたことが印象に残っている。

節子の介護やコロナ禍で、しばらく交流が途絶えてしまったが、節子が亡くなったことを人づてに伝えたところ「折を見てお線香を」とおっしゃっていると伺った。『24時間テレビ』を通して交流させていただいている徳光さんには、生涯現役で私たちのケツをたたき続けてほしいと願っている。

『24時間テレビ』の存在は、人とのつながりも含め、ふたりの人生を豊かにしてくれる大切な要素でもあった。

テレビ業界とのかかわりは私自身の知名度アップにも大いに役立ち、その後の三十余年、事業を展開していくうえで大きな宣伝力を発揮することになった。

世間の見方も「24時間の坂本」「マラソンの坂本」として定着していった。

第4章

病との闘い、真実の愛

自社ビル、事業の確立

２００６年秋、同じ大磯町内で二度目の会社の移転を行った。今回は自社ビルとしての購入だった。新社屋は国道１号線に面し、自動車のディーラーが入っていた２階建ての建物で、敷地面積も２００坪以上の広さがあった。建物の片面は総ガラス張りで明るく、開放感がある。併設されていた車両整備工場の建物は改造し、事務スペースとして使った。

家賃15万円の一軒家からスタートした「ランナーズ・ウェルネス」社が、13年を経て、借金をしてではあるが、自社ビルを構えられるようにまでなったのだ。マラソン大会の企画・運営、企業協賛獲得の営業活動、マラソン大会のタイム記録採取、そして大会に関連する制作物のデザインと発注などの事業と、人事、総務、経理といったバックヤードの業務がトータル的にシンクロし始め、事業を進めていくうえでの体制も一段と会社らしく整っていった。

半年後に神奈川県下初のフルマラソンとなる「湘南国際マラソン」開催を控え、会社にとっても私にとっても大きな節目となる移転だった。

起業したときの「15年は頑張る」という決意が形になり、「ここまできたな」という達成感とともに、「これからの15年も」と思いを新たにした。

当時、運営するマラソン大会はフルマラソン1、ウルトラマラソン3、リレーマラソン2の計6大会。加えて『24時間テレビ』のチャリティーマラソンの運営が事業のすべてではあったが、金融機関に新たな融資（借入金）を依頼する状況からは脱することができていた。

私は新しい大会をつくるために各地に出向いたり、テレビ番組の制作協力や大会協賛企業を獲得するための〝営業〟に走り回ったりしていて、社内の経理一切や総務にかかわる仕事は節子がすべてとり仕切っていた。

テレビとのかかわりも、日本テレビだけではなくフジテレビやNHK、テレビ朝日など他局の番組からの協力依頼も増えていった。特に多かったのはフジテレビで『SMAP×SMAP』や『めちゃ×2イケてるッ！』など、いくつかの人気番組にも制作協力としてかかわった。テレビ界のバラエティを代表するような人気番組からリクエストされ、参画していたのだから、ある意味、うらやましがられるような立場で仕事をさせてもらっていた、ともいえるだろう。

30歳からランニングに地道に取り組み、駅伝の監督、ウルトラマラソン、『24時間テレビ』のチャリティーマラソンのサポートと、実践の場で経験を積んでいった結果が、このような仕事の形に変化していくとは想像すらできなかった。

青天の霹靂《へきれき》、すい臓がんの宣告

私たち夫婦の生活は相変わらず仕事中心であり、自宅に帰って食事をすることはほとんどなく、外食ですませることが日常化していた。２００７年、このような食生活の不摂生のつけが、節子の体に現れた。春の健康診断の血液検査で、血糖値の上昇を指摘されたのだ。再検査のために東海大大磯病院（現・湘南大磯病院）の消化器内科を受診。糖尿病だった。投薬と食事療法による治療が必要となった。

事業が軌道に乗り、仕事に追われる毎日で、お互いの健康状態を気遣うことが少なくなっていた。彼女の体調の変化に気づかずにいたのが、今となっては悔やまれる。節子も病気について詳しく話すことはなく、服用していた薬の内容も、私はわかっていなかった。

糖尿病は毎日の食生活と運動を工夫しないと症状が進行していってしまう。節子としても理屈はわかっていても、ゆっくり食事をするような時間もタイミングも少なく、医師の指導をしっかり守って生活する余裕はなかったのだろう。薬さえしっかり飲んでおけば大丈夫、と自分を納得させていたのかもしれない。一度は食事や運動療法についてふたりで話をしたが、慌ただしい日常の中であやふやになってしまった。もっと厳格に行う必要があったのに……。

２０１０年3月、節子は急性すい炎で平塚市民病院に入院した。私は寛平さんのアースマラソン（地球を一周する試み）敢行をサポートするため、トルコからイラン方面に出かけていて不在だった。帰国して入院を知り、驚いて病院に駆けつけると、節子は9日間の絶飲・絶食治療を受けているところだった。口からの水分補給もできず、点滴だけで9日間というのは、想像をはるかに超える、とても辛い治療だったと思う。

激しい腹痛に襲われながらも、自分で車を運転して病院に行ったという。入院の支度は会社の女性社員に手伝ってもらい、必要最低限のものを運び込んでもらっていた。そばにいてやれなかったのが、申し訳なく辛かった。と同時に、これほどの辛さにあっても、誰も頼らずに対処する節子の強さとけなげさをいとおしく思った。

退院後は、いつもどおりの忙しい生活に戻った。すい臓の病気は自覚症状がほとんど現れないのが特徴で、当時の私は事の重大さを認識していなかった。もっと節子の病気、体の状態に意識を向けるべきだったのだ。

急性すい炎を起こしてから2カ月後、節子はインスリン投与も必要となった。

東海大大磯病院へは毎月、診察を受けに行っていた。病院では糖尿病の一般的な投薬治療と運動、食事療法の指導のみで、すい臓を直接調べるようなアプローチはなかった。そして5年後の2015年2月、突然、医師から「すい臓をもう少し詳しく検査するので伊勢原の本院で受診してください」と言われたのだ。不安をかかえながら本院に行き、画像検査や血液検査、アレルギーの有無など細かい内容の検査を行った。

検査の結果、ドクターの説明は「すい臓にがんがあるので開腹して除去する。手術は大体３〜４時間で終わると思う。あとは臓器自体を診て判断する」ということだった。２月23日に入院し、手術は26日と指示される。

すい臓がんという思いもよらない衝撃的な診断だった。厳しい状況に置かれたというのに、節子は少しもうろたえることはなかった。どんな困難な状況に置かれても冷静に穏やかに物事に向き合い、自分の持てる力を尽くす。それが節子だった。

帰りの車の中、「すい臓がんとは思わなかったな……。頑張るしかないな」と言葉をかけると、節子は「仕方がないわね……。頑張る、頼むね」とだけ言った。この短い言葉からは「頼りにしているのは雄ちゃんだけだから」という節子の思いが伝わってきた。「とにかく信頼してやってもらうしかないな……」と私。

これまでも私たちはさまざまな困難を乗り越えてきた。困難や苦しみに出会うと、「私たちはどんなときでもどんなことがあってもふたりきり。頼れるのはお互いだけ。だから頑張ろう」と言葉を交わしてきた。節子は「雄ちゃんとふたりなら乗りきれる！」という信念をいだいていたと思う。

7時間におよぶ手術

2月23日、入院手続きを終えると病室に案内された。比較的広い部屋でシャワー室もあり、見舞客用のソファもあった。入院後は2日間にわたって再びCTやMRIの検査を受けた。そして26日の昼前、担当の看護師から「手術室に移りますよ」と声をかけられた。

手術室に入る前、ベッドに寝かされた節子の目を見ながら、「頑張ってな！」と声をかけ、小さな手をきつく握った。節子は私の手を握り返してうなずき、「じゃあね……」とだけ言って手術室に入っていった。

手術が終わるまで、私は「家族控室」で待つしかない。私たちには家族レベルでつきあっていた親族も友人もほとんどいなかったから、こんなときにも一緒に待つ人はいない。結婚してこのかた、ずっとふたりだけでやってきていた。しかし私も節子もまったく寂しさやもの足りなさを感じることはなく、お互いの存在さえ感じていれば、それで十分だったのだ。控室で待つ間、節子の付き添い、介護は何を差しおいても徹底してやろうと心に決めた。結婚以来、ずっと支え続けてくれた節子への感謝の思いは、何物にも代えがたいものだから……。

手術は3～4時間、と聞いていた。12時の開始から3時間を過ぎ、4時間を過ぎ、5時になっても終わりの連絡はない。このころになって「これは何かあったのか?」と不安に襲われた。日が暮れ、誰もいない「家族控室」は味けない無機質な空間だった。

手術室に入って7時間くらいたったころ、執刀医のN先生がやってきた。20cmほどの金属製のトレーを持っている。

「これがとり除いたすい臓です。手術前は部分切除で考えていたのですが、拡散、転移のことを考えて全摘出に変えました。それと胆のう、胆管、脾臓《ひぞう》、それに十二指腸の一部をとり除きました。これから生体検査をします。結果が出るまで時間はかかると思いますが、手術は問題なくすみました。しばらくは経過を観察していきます」

そう言ってドクターは去っていった。

病室に戻った節子が麻酔から目覚めたのは、夜の10時ごろだった。節子にとって大きな開腹手術は帝王切開以来、45年ぶり。この年齢になってからの大きな手術は体力の消耗が大きく、本人の体感以上に疲れたことだろう。

目覚めた節子に「頑張ったな！　一応全部とってくれたよ！」と声をかけて手を握った。

「雄ちゃん……」と、私を見つめながら小さな声でこたえる節子に「そばにいるよ！」と言うと、安心したようにうなずき、再び目を閉じた。

私は主治医に病室への泊まり込みを頼み込み、了解を得た。

節子が私と片時も離れたがらないように、私も節子と片時も離れたくなかったのだ。


翌日、主治医から手術の内容を聞いた。すい臓にできていたがんは粘液産生腫瘍（微小浸潤がん）という病名で、がん細胞の拡散や転移はなく、病巣のすべてをとり除けているはず、との説明だった。つまり転移はしていない、ということだ。とりあえずひと安心した。

私は節子の病気をもっと詳しく知りたかったので、『グラント解剖学図譜』を病室に持ち込んで、臓器の位置や機能、周辺臓器の配列や臓器全体に関するページを読みあさった。そして節子の容態、医師からの説明、疑問点などを事細かくノートに記録することにした。

このノートは退院後も日々の介護や食事の記録などとともに書き続け、節子が亡くなるまでに65冊を数えた。


手術が終わって3日目、まだたくさんの管が体に装着されている状態だったが、歩行器を使ってのリハビリが開始された。呼吸のリハビリも行われた。大きく吸ったり吐いたりを繰り返す訓練だ。節子は元来が不器用だったので、こういったリハビリも苦手だった。私はやり方を覚え、看護師たちがいなくなると一緒にやるようにした。

手術から1カ月後の3月27日、ドクターからとり出した臓器の生体検査の結果説明があった。がん細胞は発見されず、再発、転移の可能性は10％。基本的に根治ととらえている、という説明だった。心配された感染症も起こらず、途中心配だった肺炎も大事には至らずにすんだ、とのこと。

こんな大きな手術にも節子は耐えて、頑張ってくれた！

退院から緊急入院へ

3月30日に退院。退院後はリハビリを兼ね、箱根の仙石原に建てた温泉付きの別荘で療養することにした。

仙石原の別荘は2013年、「ランナーズ・ウェルネス」社の創立20周年を記念して、自分たちのモニュメント的意味合いから建てた別荘だった。普通の営利事業とはひと味違う事業体をめざし、それが世間からの認知を得始めたことの証しとして建てたものだった。

仙石原の土地は、ある大手企業の元保養施設があったところで700坪の広さがあった。夫婦ふたり、余生を過ごす家として「小さな家」を建てたかったのだが、相談した建築家が有名な人で、結果的には私たちの希望とはかけ離れたデザインの家になってしまった。というより建築家がつくりたい家、になってしまったのだ。

完成したのは、大涌谷から引いた温泉付き大浴場があり、トレーニングルームやゲストルームまで完備された立派な別荘だった。とはいえ、結婚前に節子とよく話していた「いつかは別荘も持ちたいね」という夢のひとつが実現した形だった。


退院後、５日ほどたっても節子は食欲がわかず、疲労感を訴え続けていた。寝汗もひどく、夜中には何回か着替えをするほどだった。発熱、むくみ、そして下血。

東海大病院の消化器内科を受診すると、緊急入院となった。下血の原因を探る検査をし、輸血も行った。さまざまな検査を行ったものの原因は明らかにならなかった。ただ、容体は少しずつ安定し、食欲も少しずつ戻り、院内歩行のリハビリもできるまでに回復。その後、下血もなくなり、車椅子ではあるが院内のレストランまで食事をしに行けるまでになり、いったん退院することになった。だが、原因はわからないまま。何があるかわからない怖さを引きずっての退院だった。

4月24日、箱根の別荘に戻った。

途中、「鈴廣」で昼食をとったが、節子は食欲がなくてほとんど食べることができなかった。普段、節子の体調のよし悪しを測るバロメーターは食欲だった。食欲があるときの体調は問題なく、体調が悪いときは一気に食欲がなくなる。この差が極端なので、一緒に生活している者にとってはわかりやすい。食べられないということはきっと何か原因があるはず、と不安に思いながら、この晩は23時前に眠りについた。

翌朝5時30分ごろ、隣で寝ている節子の様子を見ると発汗がひどく、微熱があった。訪問看護師に来てもらうと、上の血圧が80しかない。気分が悪いと言い、吐血。200ミリリットルはあるだろうか。かなりの量に驚き、救急車を呼んだ。

救急隊が到着したが救急車の搬送では間に合わないかもしれない状況で、ドクターヘリを要請。節子はストレッチャーに乗せられてヘリポートに運ばれ、前日に退院したばかりの病院に搬送された。ヘリは小さくて私は乗ることができず、自分の車で病院に向かった。

途中、会社に連絡する。パニックになりながらも、どこか冷静な自分もいた。

救命救急センター集中治療室

病院に着いたのち、節子は4リットル近い大量の血を吐いてショック状態にあり、緊急輸血を行っていた。出血部位を探す検査が行われ、肝臓と小腸をつないだ箇所に接した動脈に瘤《こぶ》があり、この瘤が破れて出血したものと断定された。この動脈瘤をつぶして出血は止まった。命はつながったのだ。

救命救急センターの集中治療室（ICU）に運ばれた節子は、体のあちこちにさまざまなセンサーや管がとりつけられ、呼吸を確保するための気管挿管がなされていた。命はつながったが、これからが闘いの始まりにもなる、と実感した。

病院に無理を言って節子に付き添うことを頼んだ。さすがに24時間は難しく、朝の9時から夜の8時まで、という条件でそばにいさせてもらえることになった。

気管挿管中、節子が一番苦しんだのは痰《たん》の排出だった。顔を真っ赤にして、精いっぱいいきんで痰を吐き出そうとする節子。看護師による痰の吸引も行われたが、とても苦しそうで見ていて辛かった。手を握って励ますしかなかった。

医師からは大量の輸血をしたので、症状安定化までには2週間くらいかかるだろう、と言われた。なぜ、このような状態に陥ってしまったのか、原因は何か。ドクターに確かめたいことがたくさんあった。

私は自宅には帰らず、伊勢原駅近くのホテルに泊まった。できるだけ近いところで待機し、緊急時にはいつでも対応できるようにしたかったからである。一命をとり止めたものの、予断を許さない状況が続いていた。

本人の意識はいたって明瞭で頭もクリアだった。気管挿管しているため話すことができず、ストレスが大きい。3日目、ひらがな板を使って筆談を始めた。

「管はいつ外れるの?」「部屋はいつ変わるの?」「出血原因はわかった?」

「仕事は大丈夫?」「食事はした?」

自分がこんな状態にありながら、私の仕事や食事のことを気にしている……。

嬉しいことなのだが申し訳なくもあり、いじらしくもあった。

毎朝9時になると病院に行き、終日節子の様子を見守った。救命救急センターのＩＣＵでは毎日亡くなっていく人を目にし、家族が悲嘆にくれる姿を見るのが辛かった。

ＩＣＵに入ってから5日目、ようやく気管挿管が外された。節子はずいぶんラクになったと思う。私もホッとした。病室も救命救急センターから一般のＩＣＵに移ることができた。個室なので周囲にほかの患者がいない分、精神的にはラクになった。だが、節子は不安と思いがけないことの連続に、夜、私が帰ったあとなど、心細さから泣いていた日もあったらしい。辛かったと思う。

すい臓がんの手術から始まった東海大病院での入院治療は４カ月にも及び、退院したのは6月22日。しかし退院後、１カ月もたたないうちにさまざまな不調を訴え、胆管炎を起こし再入院することになってしまった。ようやく退院できたのは8月の半ば近くになってからであった。

この入院期間中も私はホテルに滞在していたが、病室のソファで一夜を過ごすこともたびたびあった。すでに『24時間テレビ』の練習も始まっていたから、病院から車を運転して都内に入り、練習が終わったら病院に戻るという一日を送っていた。会社の仕事も、重要な案件や決済が必要なものは社員に病院まで来てもらい、面会ルームなどで片づけるようにしていた。

病院の付き添いがメイン、週2回は都心で『24時間テレビ』の練習、合間に会社の仕事をできることだけやる。ときどきは平塚の自宅の様子を見に帰る、といった具合で、毎日が目まぐるしい勢いで過ぎていった。

大病を経ての変化

自宅に戻った節子には変化があった。生死をさまようほどの大病を経て、仕事への意識が、それまでとはまったくといっていいほど変わっていった。仕事のことは一切、口にしなくなったのだ。

二人三脚で立ち上げた会社には、「わが子」を育てるほどの心血を注いできた。起業して二十数年、事業がすっかり軌道に乗り、ランニング業界の中でのわが社に対する認知度も全国規模で高まっていた。これから、よりブラッシュアップしていく段階にきていた。節子にも心残りはあったと思うが、大病を患ったことで気持ちが会社から自分たちの生き方を大事にしたい、という方向にはっきり転換したようだった。

節子は73歳、私はもうすぐ68歳。人生でいうと仕上げを迎える年齢でもあった。ふたりとも、これからは自分たちのことだけを考えて生きていこう、という割りきりが芽生えていた。

節子の「マイホーム」

節子にとって平塚の自宅は単なる住まいの箱としての「家」ではなかった。

幼くして母と死別し、物心つくころ、捨てられるようにして父親と別れ、多感な青春時代をなじみの薄かった伯父に引き取られた状態で過ごし、孤独をかかえ18歳で社会の波間に漕《こ》ぎ出した節子にとって、私と暮らした家のみが「マイホーム」だったのだ。

誰に気兼ねすることもなく安心して過ごせる空間、マイホームこそが心のよりどころであった。退院し、ようやくマイホームに戻ることができた節子の表情は穏やかで、心から安らいでいるように見えた。

37歳で建てたアメリカンハウスも手狭になり、すい臓がんが発覚する以前から、そろそろ家を建て替えようという話になっていた。平塚ではなく別の土地でもと、ふたりであちこち見に行ったが、「住み慣れた平塚がいい」と言う節子の希望もあり、立て替えて住むことになった。幸い、周りの3軒の家の住人が高齢になり、土地を手放したいという話が持ち上がり、私たちが購入。敷地は4軒分に広がった。

ネットで自分たちの好みに合う家を設計している事務所を探し出し、依頼した。節子の入院と自宅の建築が同時進行し、2017年に完成した「マイホーム」は、老後を考えた平屋造りだった。寒さに弱い節子の希望で床暖房を入れ、大好きな音楽をいつでも心ゆくまで聴けるような音響システムも備えた。これまで集めたシャンソンのレコードが聴けるようにターンテーブルも。

節子も私もモノへのこだわりが強く、衣装類から陶磁器、家具類に至るまで、そろえたものはかなりの量になっていたので、屋根裏は全面をロフト構造にして収納できるようにしつらえた。私の仕事部屋には、いつでも手にできるように、ふたりの歴史が詰まったアルバムや一緒に旅した各地で買い求めた思い出の品々を収めることにした。

外の空気を吸いたくなったり、気分転換をしたくなったりしたときに気軽に出られるようなベランダと、庭には30坪ほどの芝地もつくった。

とにかく心安らかな時間を過ごしてもらうことが一番だった。

介護生活の始まり

私の仕事については、会社の決済など社長として必要な仕事は行い、会社の「看板」として「坂本雄次」が求められるマラソン大会などの現場には出かけていくが、それ以外は自宅で節子と過ごす、と決めた。

これまで私を支えてくれて、私を育ててくれた節子。私の人生の残りの時間は「すべて節子のために使う」と決めたのだ。私の軸足は、完全に「会社（仕事）」から「節子」へとシフトチェンジをした。それまでの仕事一辺倒だった生活は、がらりと変わった。

節子の介護と、主夫として家事・炊事の一切を切り盛りする毎日となった。

食事は糖尿病の食事療法がベース。野菜と魚介を使った和食中心のメニューを考え、作ることに徹した。

家にはずいぶんたくさんの料理本があった。すべて節子が買い、自分で作ろうとしていた参考書だ。結婚してまもなく節子は働きに出なければならなかったから、作りたい気持ちは100パーセントあっても、実際はそれほどはできていなかったように思う。

それでも暮れになるとふたりでスーパーに行き、正月用の食材を買い込んで一生懸命おせち作りをした。節子の得意料理は「炒り鳥《い》」。具材は鶏肉、ごぼう、下ゆでしたにんじん、里いも、ピーマン。ごま油で炒めたあと、みりん、砂糖、しょうゆで味つけするものだ。正月には必ず作っていた。そして黒豆、ごまめ、酢だこ、雑煮なども。

私は毎日、午後になると平塚駅ビルの地下にある食品売り場に出かけた。野菜、鮮魚、果物、肉類、乾物類など、何がどこに置いてあるかをすっかり把握し、食品売り場のお得意様となった。

食事作りを始めて、すぐに気づいたことがある。「だし」である。煮物にしても炊き込みご飯にしても、日本料理のベースはだしがすべて、と気づいたのだ。それからは業務用の荒節とカタクチイワシの煮干しでだしをとり、作るおかずや煮物によって昆布を合わせたりもした。これが意外とうまくいった。里いも・天ぷら（関西ではさつま揚げを天ぷらという）・にんじん・しいたけの炊き合わせ、大根・天ぷら・しいたけ・ゆで卵・たけのこの煮物など、どんな煮物でもこれで十分おいしくできた。季節に合わせて何種類かの炊き込みご飯も作った。

節子は生ものも大好きだったから、中とろや赤貝、白身魚などの刺し身類もよく食卓に出した。ときどき揚げ物も作った。特に節子が大好きなあじフライは、月に2回くらいは作っていた。つけあわせには、必ず大根おろしを添えて。

フライを作るときのポイントは下ごしらえ。あじフライのときは毛抜きを使って細かい小骨を全部とる。これは少し手間がかかった。小麦粉をまぶす、とき卵にくぐらせる、パン粉をつける、そして揚げる。揚げ上がったらキッチンペーパーの上で油きりをする。

こういった段取りや手順の一切を、私はすべて自分の勘だけでやった。それでもうまくいったのは、外で食べた料理の味を舌が覚えていたからだと思う。

初めての料理作りは楽しかったし、なにより節子がおいしいと言って食べてくれるのが嬉しく、また作ろう、という気にさせてくれた。

盛りつけには、ふたりで出かけた旅で買い求めたお気に入りの食器を使った。食事をしながら「これは、あの窯で買ってきたものだね」とか「あのとき窯元の○○さんと話をしたよね」など、思い出を確かめ合いながら時間を過ごすことができたのも嬉しかった。

節子の血糖値管理も私にとっての日常の役割となった。血糖値が安定するように食事とインシュリンの投与量のバランスをとらなければならない。そのためにも食事作りは大切で、何をどれくらい食べたのかを細かく記録した。そして血糖値をチェックし、インシュリンの投与、服用薬を管理した。

自宅での生活は少しずつ落ち着いていった。朝は節子が起き出す前に朝食の準備に入る。これまでの人生で、台所で本格的に料理をするなどということはなかったが、食事作りは節子の体を守る、という大きなミッションとなった。料理は不思議と苦にはならなかった。というより「今日は何を食べさせてあげようか？」という思いのほうが圧倒的に勝っていた。

食事の準備をしていると、節子が起きてダイニングキッチンに出てくる。まずやることは、血圧測定、血糖値測定、消化剤と目の薬の服用。そして朝食。退院後8日目の節子の朝食は、小さな茶碗に軽く1杯のご飯、お椀に半分くらいの豚汁、生卵、大根おろしとしらすの小鉢、スライストマト3切れ、昆布茶、シャインマスカット1粒。

果物はほんのひと口でも季節を感じさせてくれるし、口の中がさっぱりするので、欠かさなかった。

食後しばらくは、ふたりダイニングでくつろぐ。テレビを見ながら、よもやま話をして過ごした。

節子の食欲は次第に戻ってきて、量はそれほど食べられないが、何でもまんべんなく食べられるように回復したので安心した。やはり節子の体調のバロメーターは食欲である！　食事は和食が中心だったが、町中華やイタリアンの店などへも出かけていくようにした。

節子自身、体を思うように動かせない自分自身にいら立ちがあるようだった。「自分の体が思いどおりにいかないことが悔しい……」と訴えることがよくあった。


療養生活では食事や投薬管理のほか、体も清潔にして気持ちよく生活させてあげたかった。頭の先から足の先まで温めたタオルで拭いてあげるのも日課になった。顔はタオルで2～3分、丹念に蒸してあげる。蒸しタオルも1年365日欠かさずすると、次第に顔の皮膚がきれいになってくることに気がついた。おそらく毛穴が開いて老廃物が出てくるからだと思う。

仕事をしていたころは、丁寧に化粧することが当たり前だった節子が、病気をしてから一切化粧することはなくなってしまった。だが、むしろ年齢に反比例するように顔色も皮膚の色も美しく見えるようになっていったのは、あながち私のひいき目だけではなかった、と思う。

節子の表情にも変化が

仕事を離れ、自宅での療養生活に入って、私が感じた節子の大きな変化がある。表情だ。仕事をしているときは、夫のこと、会社のこと、仕事上のつきあいのことなどで常に緊張し、気を張った生活をしていたのだと思う。もちろん、その前提には私が恥をかかないように、会社がミスをしないようにということがあったのだが。

そんな息つく間もない時間の連続の中でも、節子はいつも私にはほほえみを絶やすことなく接し続けてくれていた。だが、仕事をしていたときの写真と療養生活に入ってから写した節子の写真を見比べると、その笑顔に違いがあることに気づいた。

療養以前の写真の節子の目元には緊張が感じられるのである。それが、以後の写真では、どれも〝無心〟という言葉がぴったりする穏やかでやわらかい表情に変わっていた。

「副社長」という荷を下ろして、節子というひとりの女性に戻ったからだろうか。療養生活に入ってからの節子は、すべてを私にゆだねることで心の安寧を得たかのようだった。

命を落としてもおかしくない大病を克服して永らえた命。その後の時間は人生の余禄、とでも感じていたのかもしれない。61年におよんだ私との人生の中で、最も安らぎを感じながら過ごした時間だったと思う。

どこに行くにもふたりは必ず一緒に行動した。そして必ず手をつないだ。節子の手はもみじのように小さく、握るたびに「こんな小さな手で頑張って俺を60年以上も支え続けてくれたのか!」という思いがあふれた。

私が出かけていかなければならないマラソン大会などの仕事のときは、節子も連れていき、仕事の間はホテルで待っていてもらったりした。それも2020年、新型コロナウイルスのパンデミックが始まるとマラソン大会も中止になり、仕事もリモートとなり、ほとんど家での生活となった。

ふたりだけで過ごす毎日は、お互いを思い合い、穏やかで愛にあふれる日々だった。夫婦としての絆もより濃密なものになっていった。

２０２２年には久しぶりに旅行にも出かけることができた。独身時代の節子が「ひとりになりたいときに行く」と言っていた「山の辺の道」を訪れたのだ。あちこち旅をした私たちだったが、まだ奈良には行っていなかった。70代後半になり足腰が衰えてきていた節子が歩けるうちに、という思いもあっての奈良行きだった。自力で長い時間歩くことは叶わなかったが、三輪でそうめんを食べ、車で奈良市内を少し回り、奈良ホテルでゆっくり休んだ。「奈良の空気を吸い、奈良の雰囲気を味わう」程度の旅行だったが、「大好きな雄ちゃんとの旅」は節子の一番の癒やしになったと思う。

退院以降、私にすべてをゆだねてくれた節子が、ただただいとおしかった。若かったころの激しさ一途の愛は、穏やかでやさしい愛、幼子を慈しむような愛へと変わっていった。私の思いは節子にも伝わり、ふたりの心は深いところでさらにしっかりと結びつき、ひとつになったように思う。いや、ひとつになった。

50年目の手紙と別れのとき

いつも裏方に徹し、私を支えて応援してくれた節子が一度だけ表に出たことがある。すい臓がんの手術をした2年半後、２０１７年の『24時間テレビ』に私と一緒に出演してくれたのだ。出演の依頼を断れば私に迷惑が及ぶと考えて、受けてくれたのだろう。このときの番組のテーマは「告白」。私たちが15歳と20歳で出会い、３３７通もの手紙のやりとりを通じて愛を育み、いくつもの困難を克服して夫婦になったという顚末《てんまつ》が「再現ドラマ」として放映された。事前に自宅で節子へのインタビューも行われた。

録画には『愛の讃歌』を口ずさむ節子の姿が残っている。私との結婚で、「命をかける」とまで思っていたシャンソン歌手の道を断念した節子。結婚後は歌も音楽も変わらず愛し、聴くことは楽しんだが、自ら歌うことはなかった。この番組出演の際も番組制作者からは何度も何度も『愛の讃歌』を歌ってほしいと頼まれたが、「もう納得できる声は出ないので」と、ずっと固辞していた。だが、最後は受け入れ、ささやくように歌った。私自身、節子の『愛の讃歌』を聴くのは本当に久しぶりだった。

『24時間テレビ』当日は、武道館の大舞台にふたり並んで立った。節子は、結婚50年、金婚式を目前に、私への手紙を書いて読んでくれた。338通目のラブレターだった。

これは50年目の手紙でございます。時の過ぎ行く早さに驚いたり悲しんだりしながら、今日まで過ごしてきました。ようやく50年という節目を迎えようというところにたどりつきました。その人生も終盤となりましたが、残りの時間を大切に、そして、命のつきるまでふたりで手を携えて楽しんでいきたいと思います。よろしくお願いいたします。

武道館を埋め尽くす観客をすっと一瞥《いちべつ》し、手紙を読み始めた節子。その姿は堂々としていて、「本当にこの人はすごい」と思わずにはいられなかった。

節子と出会ってからの六十余年、本当にいろいろなことがあったが、ほんの一瞬で過ぎていったような気もする。辛いとき、苦しいときは「どんなことがあっても私は雄ちゃんの味方。すべてを失うようなことがあっても、私がいるから大丈夫よ！　もともと私たちは何もないところから始めたのだから、ふたりでいれば大丈夫！　だから頑張ろうね」と言ってくれた節子。

悩みごとがあると「ひとりでかかえ込んじゃダメよ！」と声をかけてくれた。たった15歳でこんな女性にめぐり合えたことは、神が私に与えてくれた啓示か贈り物か。言葉に尽くせないくらいありがたかった。

自分の女房に贈る適当な言葉は見当たらないが、あえて言葉にするならば、私という未成熟な人間を信じ、導き、つくり上げ、幾多のことを経験させてくれたことへの深い深い「感謝」しかない。

２０２４年3月17日、午前3時過ぎ。病室の節子のベッドの隣でうとうとしていた私は、「雄ちゃん」と呼ぶ声で目を覚ました。起き上がって背中をさすりながら「そばにいるよ。ずーっと一緒にいるからな」と言うと、節子は「うん」とうなずいた。

思わず「愛しているよ」と言葉にすると、「私も」とこたえてくれた。節子の肩を力いっぱい抱きしめ、「家に帰ろうな、家がいいよな」と声をかけると、「わかった」とうなずく。

吸い飲みからわずかな水を口にし、安心したように安定した呼吸で眠りについた節子を確認して、私もベッドに身を横たえた。これが、節子との最後の会話になった。

翌３月18日午前10時36分、節子は私の腕の中で永遠の眠りについた。

やさしくやわらかな口調で呼びかけてくれることも、穏やかであたたかい黒目がちな瞳で見つめてくれることも、ほほえみかけてくれることも、もうない……。

節子が旅立った日、ともに逝くことが叶わない私は「私をひとり置いていくな！」という思いで３３９通目の手紙をつづった。そして、そっと棺の中におさめた。

339通目のラブレター

旅立つ節子へ

明日、荼毘に付される節ちゃん。
糖尿病、すい臓がん、大腸がん、そして転倒骨折、
肺炎と数々の病と闘ってきた節ちゃん。
ただ見守り励ますことしかできなかった自分が不甲斐なく、
すまなかったと詫びることしかできません。
わずか15歳だった私に真剣に向き合い、考え悩み、
遂には年下の私を人生の伴侶として定め、
爾来56年という長い歳月を共に生きてくれたことは
感謝という言葉ではとてもいいつくせません。
深い愛を、愛の誠というものを学ばせてもらいました。
このことは私が余命を生きていく上で

一番大切でかけがえのない節ちゃんからの贈り物であり、
唯一無二の糧として生き続けていく源となるでしょう。

明日からはもう節ちゃんの可愛らしい小さな唇も温かなぬくもりも
直に感じることがかなわなくなるので、私には寂寥しかありません。
あとどのくらい先になるかわかりませんが、
願わくは来世でも再会できるよう待っていてください。
必ず見つけ出してもう一度しっかり抱きしめたいと心に念じます。
節ちゃんのいない世界なんて考えもつかない。
淋しくて悲しくて空しい気持ちしかありません。

19歳の時、奇跡がもたらしてくれた京都、大晦日、
雪の日の出会いを覚えていますか？
あの日の偶然の出会いが今までの人生を生み出してくれたんだよ！
これから旅立つ黄泉の国でもあの日の奇跡が必ずあると信じながら、

節ちゃんを思い続けてもうしばらくこちらにいます。
今は闘いで疲れた身体をゆっくり休めてください。
愛する歓び、愛される歓びを身をもって伝え続けてくれた節ちゃん、
心をこめてありがとうネ。
死ぬまでこの気持ちを、あなたへの愛をいっぱい、いっぱい贈ります。

心からの愛を　愛する節子へ
雄次より

手紙から聞こえる節子の声

節子を失い、極度の喪失感に襲われ、生きる意味を失っていた私を叱咤《しった》し、閉ざされた心にあたたかい明かりを灯してくれたものは、出会った当時に交わした337通の手紙だった。一通一通をむさぼるように読んだ。節子の手紙からは、節子の声が聞こえてきた。まるですぐそばに節子がいるようだった。私の手紙からは、純粋に愛を信じ、一途に愛を追い求める10代の私がよみがえってきて、76

歳の私の心を揺さぶった。

結婚を半年後に控えた節子からの手紙。

私は貴方の将来に夢を持っています。
これから貴方が社会人として立派になるのも
私の協力と二人の努力が必要ですものね。
どんな苦しみも乗り越える忍耐力を私は養ってきたと思っていますが、
これからが本当の人間らしい人生かもわかりません。
大変な決意がいりますわね。
貴方、どんなことがあっても私がついています。
又、私を連れていってください。貴方の節子ですもの。
皆は私達の稀な結婚がどのようになるか
期待をしているし興味深いまなざしで見ているると思います。
・きっと私は幸福になってみせる

・幸福になると信じております
・二人で助け合えばどんな困難も乗り切れる
・節子をいつまでも離さないでください

愛する雄次様

貴方の節子より

ここに記された決意と信念を、半世紀以上つらぬき通した節子。節子は私の人生の唯一無二の伴走者だった。そして私も節子の人生の唯一無二の伴走者であったことを信じて、来世での再会を待ちたい。

epilogue

エピローグ

孫悟空とお釈迦様、『愛の讃歌』

結婚してからずっと、やりたいことをやらせてもらった。

30歳を過ぎてランニングに夢中になり、後輩を育てることに熱中し、旧街道駅伝など「これはおもしろそうだ」と思うと迷わず突き進んでいった。経済的にも苦労をかけた。25年間勤務した大企業を、これから出世もするだろうし、将来の安定も定まりつつある、というときに辞めてしまい、成功するかどうか予想もつかない事業を立ち上げた……。

その後、テレビメディアの世界に飛び込み、いつの間にか巨大番組の軸となる企画で名前を知られるようになり、事業も成功し、経済的な苦労もなくなったが。

節子にとっては、結婚したときには夢にも思わなかった人生の展開だっただろう。あと先考えずに突き進む私に、いつも「自分が信じたことは、思いきってやるべき！　悔いを残さないようにね」と背中を押し、支え続けてくれた。自分の考えははっきり言うが、不満や愚痴を口にすることは一度もなかった。どれだけ大きな器を持った人なのだろう、と心の底から思う。

そんな節子に、思い起こされるのが「孫悟空とお釈迦様」の話だ。孫悟空は手がつけられぬ暴れん坊だが、底知れぬエネルギーを持つ。如意棒《にょいぼう》を手に、10万8000里をひとっ飛びという觔斗雲《きんとうん》に乗って縦横無尽に暴れ回る。

そんな孫悟空の目に余る所業に、お釈迦様が「この手のひらから飛び出すことができたらおまえの勝ち」と言う。孫悟空は「簡単なことだ」と自慢の觔斗雲に乗り、世界の果てまで飛んでいったつもりで戻ってくる。すると、世界の果てと思ったところはお釈迦様の手のひらの上だった、という話。

私も孫悟空のようにあちこち飛び回ったが、じつは節子の手のひらの上を飛び回っていただけではないか。

そういえば、テレビ番組の共演者から言われたことがある。その共演者の連れ合いは、見た目も中身もがっしりと強い印象のかただったのだが……。

「うちのは荒縄。坂本さんの奥さんは真綿だね。あたりはやわらかいけれど真綿でじわじわと締められる感じがする」

それを聞いて「言い得て妙」と思ったものである。

節子は、いつでもどんなときでも、私のやりたいことに反対したり、「やめたら」と頭ごなしに言ったりすることはなかったが、それは節子なりの亭主の操縦法だったのかもしれない。言い出したらきかない私の性格を知り尽くしているからこそ、「雄ちゃんにはこういう接し方で、まずはやりたいようにやらせよう」と考えてのことだったかもしれない。

出会ったときから、81歳の年齢になっても、本当にかわいらしい人だったが、芯は強く、人一倍度胸も備えた人だった。そんな節子に私は甘えていたのだなあ……と。

10代で出会い、憧れ、恋焦がれて一緒になった私には、何を考えるにも「節子に喜んでもらいたい!」という意識があったように思う。「ほめられたい!」という子どもっぽい発想だ。これは終生変わらなかった。

来生で再び出会うことができたら、節子の思いのこもった『愛の讃歌』を、もう一度、私のためにだけ歌ってほしい……。

「あなたの燃える手で
あたしを抱きしめて
ただ二人だけで　生きていたいの
ただ命の限り　あたしは愛したい
命の限りに　あなたを愛するの……」

おわりに

節子を失ってすぐ、ふたりの手紙と向き合う日々が始まった。手紙は50年以上も前のものなので、何度も読み返したりすると傷んでしまうから、すべての手紙を、いったんコピーすることにした。次にコピーしたものを消印順にファイルする。手紙の本文を別紙に書き出し、コメントをつけ加えていく。

手紙を日付順に並べる作業をしながら、ふっと感じた。「これはもしかして天国に旅立ってしまった節子が私に残してくれたプレゼントなのか？」と。いや、きっとそうに違いない！

ふたりの手紙を読み、書き写していくうちに、私の気持ちはぐんぐん当時の「雄次」と「節子」の心境に入り込んでいった。肉筆の文面からは、そのときの心情がそのまま伝わってくるのだ。また、互いの状況や、仕事を含めた社会的な背景なども思い起こされ、じつに新鮮だった。

ガイドの仕事に燃え、真摯な気持ちで仕事に取り組んでいる節子の様子、これから高校に上がりやがて社会人として巣立つために成長しようとしている私。そんなふたりの手紙を通じたやりとりは、今の年齢になっているからこそ理解できる内容もたくさんあり、まったく新たな恋愛のさなかに身を置いているような錯覚にも陥った。

手紙を読み返し、ふたりの人生を振り返り、文章にする作業がなかったら、私はどうなっていたか……。


節子と私、ふたりの人生をこうして本にまとめることで、私なりのひとつの区切りがついたように思う。かつて約束した「愛の軌跡をまとめた一冊」は、やがて再会するときの節子へのお土産としたい。節子は「雄ちゃん、よくできているよ」とほめてくれるだろうか……。

坂本雄次（さかもとゆうじ）

1947年、神奈川県生まれ。東京電力陸上部の監督を15年間務め、その間マラソン未経験者を育成し、２時間30分台で走れるランナーを数多く輩出する。その後45歳のときにランニング企画・運営専門会社「ランナーズ・ウェルネス」社を起業し、湘南国際マラソンや横浜マラソン、100キロウルトラマラソンを富士五湖、八ヶ岳野辺山高原、丹後、飛騨高山、白山白川郷で、24時間リレーマラソンを夢の島と平塚でプロデュースするなど各地でマラソン大会をゼロから立ち上げる事業を展開。ランニングスポーツを公金に頼らず地域振興策として位置づけた第一人者である。また『24時間テレビ』のチャリティーマラソンに立ち上げから携わり、31年の長きにわたりタレントランナーサポートを展開している。2024年には異ジャンルとなる事業を起業し、日本の歴史・風土・伝統技術・匠を次代に継承するための「日本細見旅づくり」に取り組んでいる。

天国《てんごく》ゆきのラブレター

2025年1月31日　第1刷発行

著　者　坂本雄次《さかもとゆうじ》
発行者　大宮敏靖
発行所　株式会社主婦の友社
〒141-0021
東京都品川区上大崎3-1-1 目黒セントラルスクエア
電話　03-5280-7537（内容・不良品等のお問い合わせ）
049-259-1236（販売）
印刷所　中央精版印刷株式会社

ISBN978-4-07-460010-6

■本のご注文は、お近くの書店または主婦の友社コールセンター（電話0120-916-892）まで。
＊お問い合わせ受付時間　月～金（祝日を除く）　10：00～16：00
＊個人のお客さまからのよくある質問のご案内　https://shufunotomo.co.jp/faq/